KB110624

목신의 오후

세계시인선

9

목신의 오후

스테판 말라르메

김화영 옮김

LE FAUNE

Stéphane Mallarmée

차례

SÀLUT

Rien, cette écume, vierge vers
A ne désigner que la coupe;
Telle loin se noie une troupe
De sirènes mainte à l'envers.

Nous naviguons, ô mes divers
Amis, moi déja sur la poupe
Vous l'avant fastueux qui coupe
Le flot de foudres et d'hivers;

Une ivresse belle m'engage
(Sans craindre même son tangage)
De porter debout ce salut

Solitude, récif, étoile
A n'importe ce qui valut
Le blanc souci de notre toile.

인사[1]

아무것도 아닌 것, 이 거품은, 이 때 묻지 않은 시는
술잔을 가리킬 뿐;[2]
저기 멀리 해정(海精)의 떼들
수없이 몸을 뒤집으며
물속에 잠긴다.[3]

오 나의 다양한 친구들아
우리는 함께 항행하며
나는 벌써 선미(船尾)에 자리 잡는데
그대들은 장려한 선수(船首)에서
우레와 찬 겨울의 물결을 가른다;[4]

아름다운 취기에 못 이겨
배의 요동도 두려워 않고
나는 일어서서 이 축배를 바친다

고독, 암초, 별[5]을
무엇이든 우리의 돛이 감당한
백색의 심려에
값하는 것에게.[6]

APPARITION

La lune s'attristait. Des séraphins en pleurs
Rêvant, l'archet aux doigts, dans le calme des fleurs
Vaporeuses, tiraient de mourantes violes
De blancs sanglots glissant sur l'azur des corolles
— C'était le jour béni de ton premier baiser.
Ma songerie aimant à me martyriser
S'enivrait savamment du parfum de tristesse
Que même sans regret et sans déboire laisse
La cueillaison d'un Rêve au cœur qui l'a cueilli.
J'errais donc, l'œil rivé sur le pavé vieilli
Quand avec du soleil aux cheveux, dans la rue
Et dans le soir, tu m'es en riant apparue
Et j'ai cru voir la fée au chapeau de clarté
Qui jadis sur mes beaux sommeils d'enfant gâté
Passait, laissant toujours de ses mains mal fermées
Neiger de blancs bouquets d'étoiles parfumées.

환영(幻影)[7]

달빛이 슬피 나리더라.[8]
눈물에 젖은 천사들 꿈을 꾸며,
안개 같은 꽃들의 고요 속,
손가락에 활을 잡고
빈사(瀕死)의 비올라를 연주하더니
꽃잎들의 하얀 흐느낌이 창공에 번지더라[9]
— 너의 첫 입맞춤으로 축복받은 날이었지.
가슴이 찢어지도록 사랑에 빠진 나의 몽상은
슬픔의 향기에 얌전히 취하더라
꿈을 꺾으면 꺾은 가슴속에
회한도 환멸도 없이 남는
슬픔의 향기에.
내 그래서, 해묵은 포석 위에 눈을 박고
방황하노라면,[10]
머리카락에 햇빛 가득 이고, 거리에,
저녁 속으로 너는 웃으며 내게 나타났다.
그리하여 나는 빛의 모자를 쓴 선녀를
보는가 싶었더라.[11]
옛날 응석받이 적 내 고운 잠 위로 지나가며,
채 오무리지 못한 그의 두 손에서
언제나 향기 어린 별들의 하얀 꽃다발들
눈처럼 쏟아지게 하던 그 선녀를.[12]

SOUPIR

Mon âme vers ton front où rêve, ô calme sœur,
Un automne jonché de taches de rousseur
Et vers le ciel errant de ton œil angélique
Monte, comme dans un jardin mélancolique,
Fidèle, un blanc jet d'eau soupire vers l'Azur!
— Vers l'Azur attendri d'Octobre pâle et pur
Qui mire aux grands bassins sa langueur infinie
Et laisse, sur l'eau morte où la fauve agonie
Des feuilles erre au vent et creuse un froid sillon.
Se traîner le soleil jaune d'un long rayon.

한숨[13)]

나의 영혼은, 오 조용한 누이여, 주근깨[14)] 자욱한
어느 가을이 꿈꾸고 있는 그대 이마를 향하여,
그대 천사 같은 눈의 떠도는 하늘을 향하여,
솟아오른다, 우수에 찬 정원 속의 어느 하얀 분수가
'창공'을 향하여 한숨짓듯이, 꾸준히![15)]
— 커다란 연못들에 저의 끝없는 오뇌를 비추어 보며,
잎새들의 목숨 다해 가는 황갈색이 바람 따라 떠돌다가
차가운 주름을 파 놓는 죽은 물 위에
노란 태양이 긴긴 빛살을 끌며 지나가게 버려두는,
창백하고 해맑은 10월의 애틋한 '창공'을 향하여.[16)]

LES FENÊTRES

Las du triste hôpital, et de l'encens fétide
Qui monte en la blancheur banale des rideaux
Vers le grand crucifix ennuyé du mur vide,
Le moribond sournois y redresse un vieux dos,

Se traîne et va, moins pour chauffer sa pourriture
Que pour voir du soleil sur les pierres, coller
Les poils blancs et les os de la maigre figure
Aux fenêtres qu'un beau rayon clair veut hâler,

Et la bouche, fiévreuse et d'azur bleu vorace,
Telle, jeune, elle alla respirer son trésor,
Une peau virginale et de jadis! encrasse
D'un long baiser amer les tièdes carreaux d'or.

Ivre, il vit, oubliant l'horreur des saintes huiles,
Les tisanes, l'horloge et le lit infligé,
La toux; et quand le soir saigne parmi les tuiles,
Sou œil, à l'horizon de lumière gorgé,

창[17]

슬픈 병원에 지쳐서,
텅 빈 벽에 싫증 난 큰 십자가를 향해
커튼에서 진부한 백색으로 피어오르는
역겨운 향냄새에 지쳐서,
빈사의 환자는 슬그머니 늙은 등을 다시 일으켜,

몸을 이끌어 다가가[18]
수척한 얼굴의 흰 털과 뼈를,
곱고 맑은 광선이 쨍쨍 내리쪼이는 창에 댄다.
썩은 몸을 덥히려는 것이 아니라
돌 위에 내리는 햇빛을 보려 함이다.

열에 들떠서 푸른 하늘을 탐내는 굶주린 입은
젊었을 적에 그의 보물 그 옛날의 어느 순결했던
피부를 들이마시려 했듯이,
길고 쓰디쓴 입맞춤으로
황금빛 미지근한 유리창을 더럽힌다.[19]

취하여, 이제 그는 살아나 성유(聖油)의 몸서리침도,
탕약도, 강요된 침상도, 기침도
모두 잊는다; 저녁이 기와지붕들 가운데서 피를 흘릴 때,
빛이 가득 찬 지평선에 눈길을 던지니,[20]

Voit des galères d'or, belles comme des cygnes,
Sur un fleuve de pourpre et de parfums dormir
En berçant l'éclair fauve et riche de leurs lignes
Dans un grand nonchaloir chargé de souvenir!

Ainsi, pris du dégoût de l'homme à l'âme dure
Vautré dans le bonheur, où ses seuls appétits
Mangent, et qui s'entête à chercher cette ordure
Pour l'offrir à la femme allaitant ses petits,

Je fuis et je m'accroche à toutes les croisées
D'où l'on tourne l'épaule à la vie, et, béni,
Dans leur verre, lavé d'éternelles rosées,
Que dore le matin chaste de l'Infini

Je me mire et me vois ange! et je meurs, et j'aime
— Que la vitre soit l'art, soit la mysticité—
A renaître, portant mon rêve en diadème,
Au ciel antérieur où fleurit la Beauté!

보이는 것은 백조처럼 아름다운 황금 갤리선들이
추억을 가득 싣고 너무나도 무심하게
갈기갈기 찢기는 황갈색 번갯불 흔들어 잠재우며,
향기 젖은 자줏빛 강물 위에서 잠이 드는 것!

이처럼,[21] 행복 속에 깊이 파묻혀
오로지 식욕만 살아서 먹어 대며
어린 것들 젖 먹이는 아내에게 가져다 바치려고
그 오물을 찾으려 애쓰다가 마음이 모질어진 인간이
역겨워.

나는 도망친다,[22] 나는 모든 창에 매달린다
사람들은 창에서 어깨를 돌리고 삶을 향하나,
내 그 창유리 속에서, '영원'의 순결한 아침이
금빛으로 물들이는 영원한 이슬로 씻기어, 축복받으며

내 모습 비춰 보니 내가 천사로 보이는구나! 그리고 나는
죽어
— 그 창유리가 예술이건 신비이건 —
'아름다움'이 꽃피는 예전의 하늘에
내 꿈으로 왕관을 만들어 쓰고 다시 태어나고 싶다![23]

Mais, hélas! Ici-bas est maître : sa hantise
Vient m'écœurer parfois jusqu'en cet abri sûr,
Et le vomissement impur de la Bêtise
Me force à me boucher le nez devant l'azur.

Est-il moyen, ô Moi qui connais l'amertume,
D'enfoncer le cristal par le monstre insulté
Et de m'enfuir, avec mes deux ailes sans plume
— Au risque de tomber pendant l'éternité?

그러나 애석하구나! 이 속세가 주인이니: 그 강박관념이
때때로 이 확실한 피난처까지 찾아와 내 속을 뒤집으니
'어리석음'의 불결한 구토에
창공을 앞에 두고 코를 막을 수밖에.

오, 쓴 맛을 아는 '나'여, 혹시나
괴수에게 모욕당한 수정을 부수고 나가
깃털 없는 내 두 날개로 도망칠 방법이
있을까 — 영원토록 추락하는 한이 있을지라도?[24)]

BRISE MARINE

La chair est triste, hélas! et j'ai lu tous les livres.
Fuir! là-bas fuir! Je sens que des oiseaux sont ivres
D'être parmi l'écume inconnue et les cieux!
Rien, ni les vieux jardins reflétés par les yeux
Ne retiendra ce cœur qui dans la mer se trempe
O nuits! ni la clarté déserte de ma lampe
Sur le vide papier que la blancheur défend
Et ni la jeune femme allaitant son enfant.
Je partirai! Steamer balançant ta mâture,
Lève l'ancre pour une exotique nature!
Un Ennui, désolé par les cruels espoirs,
Croit encore à l'adieu suprême des mouchoirs!
Et, peut-être, les mâts, invitant les orages
Sont-ils de ceux qu'un vent penche sur les naufrages
Perdus, sans mâts, sans mâts, ni fertiles îlots......
Mais, ô mon cœur, entends le chant des matelots!

바다의 미풍[25)]

오! 육체는 슬퍼라, 그리고 나는 모든 책을 다 읽었다.[26)]
떠나 버리자, 저 멀리 떠나 버리자. 느껴진다
새들이 낯선 거품과 하늘 가운데 있음에 취하였구나.
그 무엇도, 두 눈에 어린 오래된 정원들도
바닷물에 적셔지는 이 마음을 잡아두지 못하리,
오, 밤이여! 잡아두지 못하리,
백색이 가로막는 빈 종이 위의 황량한 불빛도,
제 아이 젖 먹이는 젊은 아내도.[27)]
나는 떠나리라! 너의 돛을 일렁이는 기선이여
이국의 자연을 향해 닻을 올려라!
잔혹한 희망에 시달리는 어느 권태는
아직도 손수건의 그 지극한 이별을 믿고 있구나!
그런데, 돛대들이 이제 폭풍을 부르니
어쩌면 바람에 기울어 난파하는 돛대들인가
길 잃고 돛도 없이 돛도 없이, 풍요로운 섬도 없이……[28)]
그러나, 오 나의 마음아, 뱃사람들의 노랫소리를 들어라.

DON DU POËME

Je t'apporte l'enfant d'une nuit d'Idumée!
Noire, à l'aile saignante et pâle, déplumée,
Par le verre brûlé d'aromates et d'or,
Par les carreaux glacés, hélas! mornes encore
L'aurore se jeta sur la lampe angélique,
Palmes! et quand elle a montré cette relique
A ce père essayant un sourire ennemi,
La solitude bleue et stérile a frémi.
Ô la berceuse, avec ta fille et l'innocence
De vos pieds froids, accueille une horrible naissance:
Et ta voix rappelant viole et clavecin,
Avec le doigt fané presseras-tu le sein
Par qui coule en blancheur sibylline la femme
Pour les lèvres que l'air du vierge azur affame?

시의 선사[29]

내 그대에게 이뒤메의 밤으로부터 아기를 데려왔소![30]
향료와 황금으로 불태운 유리를 통하여,
오호라! 아직도 음울한, 저 싸늘한 유리창을 통하여
피 묻고 창백한 날개의 검고, 털 뽑힌
새벽빛이 천사 같은 램프 위로 던져졌고,
종려나무들이여![31] 하여 적대적인 미소를 지어 보이는 이 아버지에게
새벽빛이 그 유물을 보여 주었을 때,[32]
푸르고 삭막한 고독은 전율하였소.
오 아기를 흔들어 재우는 여인이여,[33] 그대의 딸과
그대 차가운 발의 순진함으로 끔찍한 탄생을 맞아들이시오
하여 그대의 목소리는 비올라와 하프시코드를 연상시키는데,
시든 손가락으로 그대가 젖가슴을 누르면[34]
순결한 창공의 대기 탓에 시장기가 든 입술을 위해[35]
여인이 무녀의 백색으로 흘러내릴 것인가?[36]

LE VIERGE……

Le vierge, le vivace et le bel aujourd'hui
Va-t-il nous déchirer avec un coup d'aile ivre
Ce lac dur oublié que hante sous le givre
Le transparent glacier des vols qui n'ont pas fui!

Un cygne d'autrefois se souvient que c'est lui
Magnifique mais qui sans espoir se délivre
Pour n'avoir pas chanté là la région où vivre
Quand du stérile hiver a resplendi l'ennui.

Tout son col secouera cette blanche agonie
Par l'espace infligée à l'oiseau qui le nie,
Mais non l'horreur du sol où à le plumage est pris.

Fantôme qu'à ce lieu son pur éclat assigne.
Il s'immobilise au songe froid de mépris
Que vêt parmi l'exil inutile le Cygne.

백조[37)]

순결한, 싱싱한, 아름다운 오늘은[38)]
취한 날개를 쳐서, 달아나지 못한
비상(飛翔)들의 투명한 빙하가
서릿발 아래로 찾아들어 떠날 줄 모르는
우리의 이 모진 망각의 호수를 찢어 줄 것인가!

옛적의 백조는[39)] 이제 회상한다. 모습은 찬란하나
권태가 불모의 겨울 가득 번쩍였을 때
살아야 할 영역을 노래하지 못했기에
해방되어도 아무 희망이 없는 신세인 저를.

아무리 부정해도 공간이 새에게 과하는
이 하얀 단말마의 고통을 한껏 목을 빼어 뒤흔들지만
날개깃이 붙잡혀 있는 이 땅의 공포는 어쩌지 못하네.

그의 순수한 빛이 이 장소에 지정해 준 유령이 되어
새가 요지부동으로 몸을 맡기는 모멸의 싸늘한 꿈은
백조가 무용한 유적의 땅에서 걸쳐 입는 옷이런가.[40)]

LE FAUNE

Ces nymphes, je les veux perpétuer.

Si clair,

Leur incarnat léger, qu'il voltige dans l'air
Assoupi de sommeils touffus.

Aimai-je un rêve?

Mon doute, amas de nuit ancienne, s'achève
En maint rameau subtil, qui, demeuré les vrais
Bois mêmes, prouve, hélas! que bien seul je m'offrais
Pour triomphe la faute idéale de roses.

Réfléchissons……

Ou si les femmes dont tu gloses
Figurent un souhait de tes sens fabuleux!
Faune, l'illusion s'échappe des yeux bleus

목신의 오후[41]

— 전원시

아 이 님프들, 이 모습 영원히
변치 않고 남아있게 했으면.[42]

이토록 환하구나,
이네들 발그레한 살빛, 숲 속같이 깊은 잠에 싸여 조는
대기 속에 하늘하늘 떠오른다.

내가 꿈에 취했던가?

오래된 밤의 무더기처럼 쌓인 내 의혹은
마침내 무수한 실가지로 변하고
현실의 무성한 숲만 그대로 남아
증거 하듯 알려주는 것은 오호라!
나 혼자만의 상상으로 득의만면이던
장미꽃밭의 과오.[43]

아니 가만히 생각해 보자……

혹시나 그대가 이러쿵저러쿵 생각하는 여자들은
상상력 풍부한 그대의 감각들이 애써 그려 보는
환상인가를!
목신이여, 환각은 가장 청순한 쪽 여자의

Et froids, comme une source en pleurs, de la plus chaste:
Mais, l'autre tout soupirs, dis-tu qu'elle contraste
Comme brise du jour chaude dans ta toison!
Que non! par l'immobile et lasse pâmoison
Suffoquant de chaleurs le matin frais s'il lutte,
Ne murmure point d'eau que ne verse ma flûte
Au bosquet arrosé d'accords; et le seul vent
Hors des deux tuyaux prompt à s'exhaler avant
Qu'il disperse le son dans une pluie aride,
C'est, à l'horizon pas remué d'une ride,
Le visible et serein souffle artificiel
De l'inspiration, qui regagne le ciel.

O bords siciliens d'un calme marécage
Qu'à l'envi des soleils ma vanité saccage,
Tacite sous les fleurs d'étincelles, CONTEZ
"Que je coupais ici les creux roseaux domptés
"Par le talent; quand, sur l'or glauque de lointaines
"Verdures dédiant leur vigne à des fontaines,

푸르고 차가운 두 눈에서, 눈물 흘리는 샘물처럼
솟아난다.
그러나, 한숨뿐인 저쪽 여자는, 그대 털가슴에 깃드는
대낮 미풍처럼 대조적으로 보이는가![44]
천만 아니다! 신선한 아침은 열기에 숨이 막혀
꼼짝도 못하고 지쳐 실신한 채 버둥대지만
내 피리가 화음으로 축이며 숲에 부어 주는
물로 밖에는 속삭이지 않고, 두 대롱 밖으로 어서 빠져
나가서
물기 없는 빗속으로 그 소리를 흩뿌리고만 싶은 유일한
바람은
주름살 하나 지지 않는 지평선에서,
하늘로 되돌아가는 영감의 가시적이고 고즈넉한 인공의
숨결이다.[45]

태양이 부러워할 만큼 내 허영이 휩쓰는 늪,
섬광이 꽃 피어나는 곳 아래서 말없이
고요한 늪의 시칠리아 기슭이여, 이야기하라[46]
"재능으로 길들인 속 빈 갈대를 내 여기서
꺾고 있었노라; 그때 포도 넝쿨을 샘물들에게 바치고
있는
먼 곳 초원의 청록색 황금빛 위에는

"Ondoie une blancheur animale au repos:

"Et qu'au prélude lent où naissent les pipeaux

"Ce vol de cygnes, non! de naiadesse sauve

"Ou plange......."

Inerte, tout brûe dans l'heure fauve

Sans marquer par quel art ensemble détala

Trop d'hymen souhaité de qui cherche le *la*:

Alors m'éveillerai-je à la ferveur première,

Droit et seul, sous un flot antique de lumière,

Lys! et l'un de vous tous pour l'ingénuité.

Autre que ce doux rien par leur lèvre éruité,

Le baiser, qui tout bas des perfides assure.

Mon sein, vierge de preuve, atteste une morsure

Mystétieuse, due à quelque auguste dent;

Mais, bast! arcane tel élut pour confident

Le jonc vaste et jumeau dont sous l'azur on joue:

Qui, détournant à soi le trouble de la joue,

휴식하는 동물의 흰 빛이 물결치니:
그럴 때면 피리 소리 흘러나오는 느린 전주곡에
백조 떼가, 아니! 수정(水精)의 떼가 날아올라 도망치고
아니 물속에 잠기고……"[47]

죽은 듯이, 모두가 황갈색의 시간 속에서
불타는데
'라(La)' 음을 찾는 자[48]의 너무나도 염원하던 결혼은
그 무슨 요술로 모두 다 사라져 버렸는지:
그때 소스라쳐 깨어나면 처음의 타는 그리움뿐,
오래된 빛의 물결 아래, 홀로 우뚝 선 나,
백합꽃들![49] 그리고 순진함을 위하여 그대들 모두 중
어느 하나.

그들의 입술이 누설한 부드러운 그 보잘것없는 것과 달리,
간사한 것들을 나직이 안심시키는 입맞춤,
증거 하나 없이 순결한 내 젖가슴엔
그 무슨 엄숙한 이빨이 깨문 신비스런 자국이
남았구나;[50]
그러나 아서라! 무슨 비밀인 양 속내 이야기 상대로
푸른 하늘 아래서 부는 속 넓은 골풀 쌍피리를 택했더니:
피리는 두 뺨의 경련을 제 쪽으로 돌리고

Rêve, dans un solo long, que nous amusions
La beauté d'alentour par des confusions
Fausses entre elles-mêmes et notre chant crédule;
Et de faire aussi haut que l'amour se module
Évanouir du songe ordinaire de dos
Ou de flanc pur suivis avec mes regards clos,
Une sonore, vaine et monotone ligne.
Tâche donc, instrument des fuites, ô maligne
Syrinx, de refleurir aux lacs où tu m'attends!
Moi, de ma rumeur fier, je vais parler longtemps
Des déesses; et par d'idolâtres peintures,
A leur ombre enlever encore des ceintures:
Ainsi, quand des raisins j'ai sucé la clarté,
Pour bannir un regret par ma feinte écarté,
Rieur, j'élève au ciel d'été la grappe vide
Et, soufflant dans ses peaux lumineuses, avide
D'ivresse, jusqu'au soir je regarde au travers.

O nymphes, regonflons des SOUVENIRS divers.

긴 독주(獨奏)에 잠겨 꿈을 꾸는데, 우리가
그녀들과 우리의 고지식한 노래를 슬쩍 혼동하여
주변의 아름다움을 즐겁게 하는 꿈이라네;
내 감은 두 눈으로 더듬던 등이나
순결한 허리의 평범한 몽상에서
한 줄기 낭랑하고 헛되고 단조로운 가락을
사랑이 조(調)바꿈하는 높이로 피리는 불어 내려고 꿈을
꾼다.[51]
도피의 악기여, 오 깜찍한 피리
시링크스여, 그러거든, 그대 꽃으로나 다시
피어나, 호숫가에서 나를 기다리거라!
나는 내 풍문을 자랑스러워하며 오래오래
여신들 얘기를 하리라; 열애에 찬 그림을 그려
여신의 그림자에서 또다시 허리띠를 벗기리라;[52]
그리하여, 포도송이에서 광채를 빨아먹고 나서
나의 시늉만의 몸짓으로 물리친 회한을 몰아내기 위하여,
웃으며 나는 빈 포도 껍질을 여름 하늘에 비쳐 들고
투명한 껍질에 숨을 불어넣으며
간절히 취하고 싶어 저녁토록 비춰 보노라.

오 님프들이여, 다채로운 추억들에
바람을 넣어 팽창시키자.[53]

"Mon œil, trouant les joncs, dardait chaque encolure
"Immortelle, qui noie en l'onde sa brûlure
"Avec un cri de rage au ciel de la forêt;
"Et le splendide bain de cheveux disparaît
"Dans les clartés et les frissons, ô pierreries!
"J'accours; quand, à mes pieds, s'entrejoignent (meurtries
De la langueur goûtée à ce mal d'être deux)
Des dormeuses parmi leurs seuls bras hasardeux;
"Je les ravis, sans les désenlacer, et vole
"A ce massif, haï par l'ombrage frivole,
"De roses tarissant tout parfum au soleil,
"Où notre ébat au jour consumé soit pareil."

Je t'adore, courroux des vierges, ô délice
Farouche du sacré fardeau nu qui se glisse
Pour fuir ma lèvre en feu buvant, comme un éclair
Tressaille! la frayeur secrète de la chair:
Des pieds de l'inhumaine au cœur de la timide

"내 눈이 골풀들에 구멍을 내고 불후의 목덜미를 하나하나 찔러 댔으니,
저마다 타는 듯한 아픔을 물결에 실어
숲의 하늘로 광란하듯 절규한다;
찬란하게 멱 감은 머리털이 광채와 떨림 속으로
사라진다, 오 보석들아![54]
나는 내닫는다; 내 발 아래, (둘이 됨의
이 고뇌에서 맛보는 우울함에 가슴 찢어지는)
잠자는 미녀들이 무모한 팔들만 뻗어 서로 끌어안을 때;[55]
나는, 끌어안은 팔 풀지도 않은 채, 그들을 호려 내어,
태양열에 장미 향기 다 바닥나고 경박한 그늘도 들지 않는
이 장미꽃 무더기로 날아드니,
우리들 사랑의 몸부림은 불태워 버린 대낮 같아라."

내 너를 찬미하노라, 처녀들의 분노여,
오 성스러운 벌거벗은 짐의 사나운 희열이여,
살의 저 은밀한 두려움을, 번갯불이 부르르 떨 듯!
마시는 불타는 내 입술의 목마름을 피하려고
너는 미끄러지듯 달아난다:
비정한 여자의 발끝에서 수줍은 여자의 가슴에까지,

Que délaisse à la fois une innocence, humide
De larmes folles ou de moins tristes vapeurs.

"Mon crime, c'est d'avoir, gai de vaincre ces peurs
"Traîtresses, divisé la touffe échevelée
"De baisers que les dieux gardaient si bien mêlée:
"Car, à peine j'allais cacher un rire ardent
"Sous les replis heureux d'une seule (gardant
"Par un doigt simple, afin que sa candeur de plume
"Se teignît à l'émoi de sa sœur qui s'allume,
"La petite, naïve et ne rougissant pas)
"Que de mes bras, défaits par de vagues trépas,
"Cette proie, à jamais ingrate se délivre
"Sans pitié du sanglot dont j'étais encore ivres."

Tant pis! vers le bonheur d'autres m'entraîneront
Par leur tresse nouée aux cornes de mon front:
Tu sais, ma passion, que, pourpre et déjà mûre,
Chaque grenade éclate et d'abeilles murmure;
Et notre sang, épris de qui le va saisir,
Coule tout l'essaim éternel du désir.
A l'heure où ce bois d'or et de cendres se teinte

미친 눈물에, 혹은 보다 덜 슬픈 수증기에
동시에 젖은 순진함은 벌써 옛날 얘기.[56)]

"나의 죄는, 이 간사한 두려움을 이겨 내는 것이 좋아서,
신들이 그토록 잘 맺어 준 포옹의
뒤엉킨 숲을 갈라놓았다는 것:
한쪽 여자의 행복한 몸 주름 속에
내 타오르는 기쁨의 웃음을 감추려 하자마자, (온몸에
불을 켜는 언니의 흥분에 그녀의 순진함이 물이 들도록,
순진하여 얼굴도 붉히지 않는 어린 쪽 여자를
그저 손가락만으로 붙잡은 채)
어렴풋한 죽음으로 풀리는 내 팔에서
여전히 그치지 못하고 있던 내 흐느낌도 아랑곳없이
나의 배은망덕한 포로는 영영 벗어나 사라진다."[57)]

할 수 없지! 다른 여자들이 내 머리에 난 뿔에
머리채를 감고 나를 행복으로 이끌어 주리라.
나의 정념이여 너는 알고 있지, 자줏빛으로 벌써 무르익은
석류는 알알이 터져서 벌떼들 잉잉대는 것을;
그러면 저를 붙잡으려는 자에게 반해 버린 우리의 피는
욕망의 영원한 벌떼들이 되어 흐른다.
이 숲이 황금빛과 잿빛으로 물드는 시각,

Une fête s'exalte en la feuillée éteinte:

Etna! c'est parmi toi visité de Vénus

Sur ta lave posant ses talons ingénus,

Quand tonne un somme triste ou s'épuise la flamme.

Je tiens la reine!

O sûr châtiment......

Non, mais l'âme

De paroles vacante et ce corps alourdi

Tard succombent au fier silence de midi:

Sans plus il faut dormir en l'oubli du blasphème,

Sur le sable altéré gisant et comme j'aime

Ouvrir ma houche à l'astre efficace des vins!

Couple, adieu; je vais voir l'ombre que tu devins.

불 꺼진 나뭇잎들에는 축제가 달아오른다.
에트나 화산이여! 비너스가 너를 찾아와
너의 용암 위에 그의 순박한 발꿈치를 올려놓을 때
한숨의 슬픈 잠이 벼락 쳐 오거나 불꽃이 사그라든다.
나는 여왕을 보듬어 안는다![58]

오 반드시 오고야 말 징벌……[59]

아니다, 하지만, 언어가
없는 나의 영혼과 이 무거워진 육체는
정오의 사나운 침묵에 결국은 굴복한다.
이제 그만, 불경한 생각을 잊은 채,
목마른 모래 위에 누워 잠들어야 한다.
아, 포도주의 효험을 가진
별을 향해 입을 벌리는 건 얼마나 좋은가!

한 쌍의 님프들이여 안녕히! 내 이제 그대가 둔갑한
그림자를 보리라.

SAINTE

A la fenêtre recelant
Le santal vieux qui se dédore
De sa viole étincelant
Jadis avec flûte ou mandore,

Est la Sainte pâle, étalant
Le livre vieux qui se déplie
Du Magnificat ruisselant
Jadis selon vêpre et complie :

A ce vitrage d'ostensoir
Que frôle une harpe par l'Ange
Formée avec son vol du soir
Pour la délicate phalange,

Du doigt que, sans le vieux santal
Ni le vieux livre, elle balance
Sur le plumage instrumental,
Musicienne du silence.

성녀(聖女)[60]

옛적에 플루트나 만돌린과 더불어
반짝이던 그녀의 비올라의
도금이 벗겨진 오래된 백단목을
감추고 있는 창문에,

옛적에 저녁 예배와 만도(晩禱) 때면
넘쳐 나던 성모 찬가의
오래된 책을 펼쳐 놓고
보여 주는 창백한 성녀가 있어[61]

섬세한 손가락뼈를 위하여
천사가 저녁 비상으로
하프를 퉁기는
성체현시대 같은 창유리에[62]

오래된 백단목도 없이
오래된 책도 없이,
악기 날개 위로 손가락을 놀리는
침묵의 악사가 되어[63]

TOAST FUNÈBRE

Ô de notre bonheur, toi, le fatal emblème!

Salut de la démence et libation blême,
Ne crois pas qu'au magique espoir du corridor
J'offre ma coupe vide où souffre un monstre d'or!
Ton apparition ne va pas me suffire :
Car je t'ai mis, moi-même, en un lieu de porphyre.
Le rite est pour les mains d'éteindre le flambeau
Contre le fer épais des portes du tombeau :
Et l'on ignore mal, élu pour notre fête
Très simple de chanter l'absence du poëte,
Que ce beau monument l'enferme tout entier.
Si ce n'est que la gloire ardente du métier,
Jusqu'à l'heure commune et vile de la cendre,
Par le carreau qu'allume un soir fier d'y descendre,
Retourne vers les feux du pur soleil mortel!

Magnifique, total et solitaire, tel
Tremble de s'exhaler le faux orgueil des hommes.
Cette foule hagarde! elle annonce : Nous sommes

죽은 시인을 위한 건배[64]

오 우리들 행복의, 그대, 숙명적 표상이여![65]

광기의 인사[66]요 빛을 잃은 헌주(獻酒)인가,
통로[67]의 요술 같은 희망을 위해 내가 여기
금빛 괴물이 뒤채는 내 빈 술잔을 바친다고 여기지 말라!
그대가 현신(現身)[68]한다 해도 내 마음 흡족하진 못하리:
내 손수 그대를 반암 깊은 곳에 묻었으니[69]
의식(儀式)은 무덤의 문들 그 두꺼운 무쇳덩이에
두 손으로 횃불을 비벼 끄는 것:[70]
시인의 부재를 노래하는 너무나도 단순한
우리의 축제를 위하여 마련한
이 아름다운 기념비가 그이를[71]
송두리째 담고 있음을 어이 모르랴:[72]
누구에게나 오는 비루한 재의 시간이 될 때까지,[73]
천직의 뜨거운 영광뿐일지라도,
그리로 내려감이 자랑스러워 저녁 빛 불타는 창유리
너머,[74]
필멸의 순수한 태양의 불을 향해 되돌아가라!

장엄하고, 총체적이고, 고독한, 그렇게
드러나는 것이 두려워 인간들의 거짓 긍지는 떤다.[75]
저 얼이 빠진 군중! 군중이 고하노니: 우리는

La triste opacité de nos spectres futurs.

Mais le blason des deuils épars sud de vains murs

J'ai méprisé l'horreur lucide d'une larme,

Quand, sourd même à mon vers sacré qui ne l'alarme

Quelqu'un de ces passants, fier, aveugle et muet,

Hôte de son linceul vague, se transmuait

En le vierge héros de l'attente posthume.

Vaste gouffre apporté dans l'amas de la brume

Par l'irascible vent des mots qu'il n'a pas dits,

Le néant à cet Homme aboli de jadis :

"*Souvenirs d'horizons, qu'est-ce, ô toi, que la Terre?*"

Hurle ce songe; et, voix dont la clarté s'altère,

L'espace a pour jouet le cri : "*Je ne sais pas!*"

Le Maître, par un œil profond, a, sur ses pas,

Apaisé de l'éden l'inquiète merveille

Dont le frisson final, dans sa voix seule, éveille

Pour la Rose et le Lys le mystère d'un nom.

Est-il de ce destin rien qui demeure, non?

Ô vous tous, oubliez une croyance sombre.

Le splendide génie éternel n'a pas d'ombre.

장래 우리 망령들의 슬픈 어둠이로다.[76]
그러나 헛된 담벼락에 장례의 문장(紋章)들 흩어져
있어도[77]
내가 눈물의 냉정한 공포를 무시했을 때,[78]
내 신성한 시에 귀를 닫고 놀라지 않는,
거만하고 눈멀고 벙어리인 저 행인들 중 한 사람,[79]
모호한 그의 수의(壽衣)의 손님이
사후 기다림의 순결한 영웅으로 변해 갔다.[80]
그가 하지 않은 말들의 성마른 바람이
안개의 더미 속에 실어 온 광대한 심연인[81]
무(無)가 옛날에 폐기된 그 인간에게:[82]
"지평선들의 기억이여, 오 그대여, 대지란 무엇인가?"[83]
그 꿈을 고함친다. 그러자, 맑은 음색이 변질된 목소리로
공간이 농하듯 외친다. "나는 모른다!"[84]

스승은 깊은 눈으로 걸음걸음,[85]
에덴의 조마조마한 경이를 진정시켰는데[86]
그 마지막 떨림은 그의 목소리만으로도
장미와 백합을 위해 한 이름의 신비를 일깨운다.[87]
그 운명[88]에서 남은 건 아무것도 없단 말인가?
오 여러분 모두, 어두운 믿음은 잊어버리시라.[89]
영원한 천재는 찬란하여 그림자가 없느니.[90]

Moi, de votre désir soucieux, je veux voir,
A qui s'évanouit, hier, dans le devoir
Idéal que nous font les jardins de cet astre,
Survivre pour l'honneur du tranquille désastre
Une agitation solennelle par l'air
De paroles, pourpre ivre et grand calice clair,
Que, pluie et diamant, le regard diaphane
Reste là sur ces fleurs dont nulle ne se fane,
Isole parmi l'heure et le rayon du jour!

C'est de nos vrais bosquets déjà tout le séjour,
Où le poëte pur a pour geste humble et large
De l'interdire au rêve, ennemi de sa charge :
Afin que le matin de son repos altier,
Quand la mort ancienne et comme pour Gautier
De n'ouvrir pas les yeux sacrés et de se taire,
Surgisse, de l'allée ornement tributaire,
Le sépulcre solide où gît tout ce qui nuit,
Et l'avare silence et la massive nuit.

그대의 욕망에 마음 쓰는 나는 보고 싶어라,
이 별의 정원들이 우리에게 과하는 이상(理想)의 숙제 속에,[91)]
어제, 그이가 스러져 간 뒤에도
태연한 재난의 영광을 위하여[92)]
도취한 자주색, 선연한 큰 꽃잎,[93)] 말들의
숨결이 일으킨 엄숙한 동요가[94)] 살아남는 모습을.
빗방울이요 금강석이런가,[95)] 어느 하나 시들지 않는
그 꽃들[96)] 위에 남은 투명한 시선은
대낮의 시간과 햇살 가운데서 그 꽃잎을 골라내는구나![97)]

이는 벌써 우리의 진정한 작은 숲[98)]들의 모든 거처이리니,
이곳에서 순수한 시인이 보여 주는 겸허하고 너그러운 몸짓은
그의 직분의 적인 꿈에게 이 거처를 금지하는 것:[99)]
그의 당당한 휴식의 아침[100)]
옛 죽음이 고티에에게서처럼
신성한 두 눈[101)]을 뜨지 못하고 침묵하는 것일 때
종속적 장식인 오솔길[102)]에서
해로운 모든 것, 인색한 침묵과 우람한 어둠이 누워 잠자는[103)]
견고한 무덤[104)]이 불쑥 솟아나도록.

Prose

pour des Esseintes

Hyperbole! de ma mémoire
Triomphalement ne sais-tu
Te lever, aujourd'hui grimoire
Dans un livre de fer vêtu:

Car j'installe, par la science,
L'hymne des cœurs spirituels
En l'œuvre de ma patience,
Atlas, herbiers et rituels.

Nous promenions notre visage
(Nous fûmes deux, je le maintiens)
Sur maints charmes de paysage,
Ô sœur, y comparant les tiens.

L'ère d'autorité se trouble
Lorsque, sans nul motif, on dit
De ce midi que notre double
Inconscience approfondit

Que, sol des cent iris, son site
Ils savent s'il a bien été,

산문[105]

— 데제생트를 위한

과장(誇張)이여![106] 내 기억으로부터[107]
위풍당당 일어서지 못하는가, 오늘
무쇠 옷 입은 책 속의
뜻 모를 없는 글인 그대여:[108]

나는 면학(勉學)에 의하여[109]
영적인 마음의 찬가를
지도책, 식물 표본집, 전례서(典禮書)인
나의 인내의 작품으로 정착시키니.

오 누이여, 우리는 (우리는 둘이었다, 지금도 여전히)[110]
풍경의 무수한 매혹들 위로
너의 매혹들을 거기에 비교하며
우리의 얼굴을 이리저리 돌리곤 했지.[111]

권위의 시대는 흐려진다[112]
우리 둘의 겹쳐진 자유분방함에 의해
더욱 깊어지는 이 정오에 대해[113]
아무 까닭 없이 사람들이

백 송이 아이리스가 피는 땅, 그 정오 지구(地區)가,
그게 분명 존재했는지를 그들은 알고 있는데,[114]

Ne porte pas de nom que cite
L'or de la trompette d'Été.

Oui, dans une île que l'air charge
De vue et non de visions
Toute fleur s'étalait plus large
Sans que nous en devisions.

Telles, immenses, que chacune
Ordinairement se para
D'un lucide contour, lacune,
Qui des jardins la sépara.

Gloire du long désir, Idées
Tout en moi s'exaltait de voir
La famille des iridées
Surgir à ce nouveau devoir.

Mais cette sœur sensée et tendre
Ne porta son regard plus loin
Que sourire, et comme à l'entendre
J'occupe mon antique soin.

여름 트럼펫의 황금이 말하는[115)]
이름을 가진 것이 아니라고 말할 때.[116)]

그렇다, 대기가 환영들이 아니라 시선으로[117)]
가득 채우는 어느 섬에
우리가 이러니저러니 하지 않아도
꽃이 온통 더욱 넓게 펼쳐지고 있었다.[118)]

그렇게, 거대하게, 꽃은 저마다
명석한 윤곽을
차례로 갖추었고 간극은
꽃을 정원들과 분리했다.[119)]

이 새로운 의무[120)]를 향해 솟아오르는
아이리스들의 무리를 보려고
오랜 열망의 영광, 이데아들이,[121)]
내 속의 모든 것이 열광하지만,

분별 있고 다정한 이 누이는
눈길을 미소보다 더 멀리
던지지는 않았고, 그녀의 마음 안다는 듯
나는 내 오래된 보살핌에 전념한다.[122)]

Oh! sache l'Esprit de litige,
À cette heure où nous nous taisons,
Que de lis multiples la tige
Grandissait trop pour nos raisons

Et non comme pleure la rive,
Quand son jeu monotone ment
À vouloir que l'ampleur arrive
Parmi mon jeune étonnement

D'ouïr tout le ciel et la carte
Sans fin attestés sur mes pas
Par le flot même qui s'écarte,
Que ce pays n'exista pas.

L'enfant abdique son extase
Et docte déjà par chemins
Elle dit le mot: Anastase!
Né pour d'éternels parchemins,

Avant qu'un sépulcre ne rie

오! 논쟁의 정신이여 명심하라,[123)]
우리가 침묵하는 이 시간에
온갖 백합들의 줄기가
우리의 이성에게는 너무 크게 자라고 있었음을,[124)]

그리고 내 발걸음마다 끝없이 확인되는
온 하늘과 지도의 소식을 듣는
내 젊은 경탄 가운데[125)]
엄청난 것이 도래하기를 원한다면서

그의 단조로운 유희가 거짓말을 할 때,
갈라지는 바로 그 물결 때문에
기슭이 눈물 흘리듯,[126)]
그 나라가 존재하지 않은 것은 아님을.

아이[127)]는 그의 황홀을 포기하고
길들에 의해서 벌써 조예가 깊어진
그녀는 이 말을 한다: 아나스타스!
영원한 양피지들을 위해 태어난 이 말을,[128)]

어느 지방에서나, 그의 조상인

Sous aucun climat, son aïeul,

De porter ce nom: Pulchérie!

Caché par le trop grand glaïeul.

어느 무덤이, 너무 큰 글라디올러스에 가린
펠케리! 이 이름을 가진 것을
웃어대기 전에.[129)]

AUTRE ÉVENTAIL
de Mademoiselle Mallarmé

O rêveuse, pour que je plonge
Au pur délice sans chemin,
Sache, par un subtil mensonge,
Garder mon aile dans ta main.

Une fraîcheur de crépuscule
Te vient à chaque battement
Dont le coup prisonnier recule
L'horizon délicaement.

Vertige! voici que frissonne
L'espace comme un grand baiser
Qui, fou de naîre pour personne,
Ne peut jaillir ni s'apaiser,

Sens-tu le paradis farouche
Ainsi qu'un rire enseveli
Se couler du coin de ta bouche
Au fond de l'unanime pli!

Le sceptre des rivages roses
Stagnants sur les soirs d'or, ce l'est,

다른 부채[130)]

— 말라르메 양의

오 꿈꾸는 처녀여,[131)] 내 저 길 없고 순수한
감미로움에 빠져들 수 있도록,
그 무슨 미묘한 거짓으로, 너의 손안에
나의 날개를 붙잡고 있어 다오.[132)]

부채질마다 황혼의 서늘함이
그대에게 내려오고
그 사로잡힌 날갯짓에
지평선이 살며시 물러난다.[133)]

어지러워라! 여기 거대한 입맞춤처럼
공간이 바르르 떤다
그 누구를 위해서도 아니면서, 태어나려고
몸부림치며, 분출도 못하고 진정도 못하는 공간이.[134)]

그대 느끼는가 길들여지지 않은 낙원이
매몰된 웃음과도 같이
너의 입가에서 전면적인 주름 깊숙이로
슬그머니 자취를 감추어 버리는 것을.[135)]

황금빛 저녁들 위에 머무는
장밋빛 기슭들의 왕홀(王笏)은, 그렇지

Ce blanc vol fermé que tu poses

Contre le feu d'un bracelet.

네가 불타는 팔찌에 대고 접어놓는
그 하얀 비상(飛翔)인 것을.[136)]

UNE DENTELLE ……

Une dentelle s'abolit
Dans le doute du jeu suprême
A n'entr'ouvrir comme un blasphème
Qu'absence éternelle de lit.

Cet unanime blanc conflit
D'une guirlande avec la même,
Enfui contre la vitre blême
Flotte plus qu'il n'ensevelit.

Mais chez qui du rêve se dore
Tristement dort une mandore
Au creux néant musicien.

Telle que vers quelque fenêtre
Selon nul ventre que le sien,
Filial on aurait du naître.

레이스가 지워진다[137]

레이스가[138] 지고한 유희의[139]
의혹[140] 속에서 지워진다.[141]
신성모독인 양 침상의 영원한 부재만을[142]
방긋이 열어 보이면서.

한 꽃 장식이 같은 꽃 장식과 벌이는[143]
이 전반적인 백색의 갈등은[144]
희미한 창유리에 부딪쳐 새어 나와
파묻히기보다는 펄럭거린다.[145]

그러나[146] 황금빛 꿈을 꾸는 이에게서는
속이 텅 빈 무(無)의 음악의[147]
만돌린이 슬프게 잠잔다.[148]

오직 저의 것일 뿐인 그 배[腹] 속에서[149]
어떤 창문을 향하여[150]
태어날 수도 있었을 자식처럼 그런.[151]

LE PHÉNOMÈNE FUTUR

Un ciel pâle, sur le monde qui finit de décrépitude, va peut-être partir avec les nuages: les lambeaux de la pourpre usée des couchants déteignent dans une rivière dormant à l'horizon submergé de rayons et d'eau. Les arbres s'ennuient et, sous leur feuillage blanchi(de la poussière du temps plutôt que celle des chemins), monte la maison en toile du Montreur de choses Passées: maint réverbère attend le crépuscule et ravive les visages d'une malheureuse foule, vaincue par la maladie immortelle et le péché des siècles, d'hommes près de leurs chétives complices enceintes des fruits misérables avec lesquels périra la terre. Dans le silence inquiet de tous les yeux suppliant là-bas le soleil qui, sous l'eau, s'enfonce avec le désespoir d'un cri, voici le simple boniment: "*Nulle enseigne ne vous régale du spectacle intérieur, car il n'est pas maintenant un peintre capable d'en donner une ombre triste. J'apporte, vivante (et préservée à travers les ans par la science souveraine) une Femme d'autrefois. Quelque folie, originelle et naïve, une extase*

d'or, je ne sais quoi! par elle nommé sa chevelure, se ploie avec la grâce des étoffes autour d'un visage qu'éclaire la nudité sanglante de ses lèvres. A la place du vêtement vain, elle a un corps; et les yeux, semblables aux pierres, rares ne valent pas ce regard qui sort de sa chair heureuse: des seins levés comme s'ils étaient pleins d'un lait

미래의 현상[152]

몰락하여 종말을 고하는 세계 위에, 창백한 하늘이 아마도 구름 떼와 함께 떠나려는 모양이다: 햇살과 물에 잠긴 지평선 근처의 잠자는 강 속에서 석양의 낡은 자줏빛 누더기들이 빛을 잃는다. 나무들은 권태로워 하고, (길의 먼지보다는 시간의 먼지에 덮여) 허옇게 변한 잎사귀들 아래로 '과거의 사물들을 보여 주는 자'의 천막집들이 솟아오른다: 숱한 가등(街燈)이 황혼을 기다리면서, 영원히 죽지 않는 병과 수세기의 죄악에 정복당한 불행한 군중, 이 땅과 함께 멸망할 가련한 과일들을 뱃속에 잉태한[153] 허약한 공모자들 옆 인간들의 얼굴에 생기를 불어넣는다. 절규 같은 절망감과 함께 물속으로 빠져드는 저기 태양에게 애원하고 있는 모든 눈들의 불길한 침묵 속에서 들어 보라, 이 단순한 감언이설을: "그 어떤 간판도 내면적인 광경으로 그대들의 마음을 흡족하게 해 주지 못한다. 이제는 그 내면적 광경의 슬픈 그림자를 그려 줄 능력이 있는 화가가 없으니 말이다. 내 여기 지나간 시대의 한 여자를 살아 있는 모습 그대로 (지고한 과학에 의하여 오랜 세월 동안 고스란히 보존한 상태로) 데려왔다. 무슨 광기랄까, 원초적이고 천진한 광증이랄까. 황금빛 황홀이랄까! 무엇이랄까! 그녀의 머리털이 이름 붙인 그 무엇이 그녀의 핏빛으로 벌거벗은 입술로 밝혀진 얼굴 주위로 옷감인 양 우아하게 펼쳐진다. 무용한 의상 대신 이 여자에게는 몸이

éternel, la pointe vers le ciel, aux jambes lisses qui gardent le sel de la mer première." Se rappelant leurs pauvres épouses, chauves, morbides et pleines d'horreur, les maris se pressent: elles aussi par curiosité, mélancoliques, veulent voir.

Quand tous auront contemplé la noble créature, vestige de quelque éoque déjà maudite, les uns indifférents, car ils n'auront pas eu la force de comprendre, mais d'autres navrés et la paupière humide de larmes résignées se regarderont; tandis que les poëtes de ces temps, sentant se rallumer leurs yeux éteints, s'achemineront vers leur lampe, le cerveau ivre un instant d'une gloire confuse, hantés du Rythme et dans l'oubli d'exister à une époque qui survit à la beauté.

있다. 두 눈은 귀한 보석 같지만 그녀의 행복한 살에서 솟아나는 이 시선만은 못하다: 마치 영원한 젖이 가득 찬 듯 젖꼭지를 하늘로 쳐들고 있는 두 개의 유방에서부터 최초의 바다의 소금을 머금은 듯한 반드러운 두 다리까지."[154] 대머리에다가 침울하고 끔찍한 것으로 가득 찬 그들의 가난한 아내들을 머리에 떠올리면서 남편들은 걸음을 재촉한다: 아내들 역시 우울한 기분으로 호기심에서 구경을 하고 싶어 한다.

이미 저주받은 어느 시대의 유물인 이 고상한 피조물 여인을 모두들 다 구경하고 나면, 몇몇은 이해할 힘이 없어서 무관심하지만 다른 몇몇은 애석한 마음 금치 못하며 단념한 눈물로 눈꺼풀이 축축해져서 서로의 얼굴을 쳐다볼 것이다: 그러나 한편 이 시대의 시인들은 꺼져 버린 그들 두 눈에 새로 불이 켜지는 것만 같아, 한순간 분간키 어려운 영광에 머리가 취하여 그들의 램프 불빛을 향하여 나아갈 것이다. 리듬에 사로잡힌 채, 미(美)보다 더 오래 살아남는 한 시대에 살고 있다는 생각도 잊고.

LE DÉMON DE L'ANALOGIE

Des paroles inconnues chantèrent-elles sur vos lèvres, lambeaux maudits d'une phrase absurde?

Je sortis de mon appartement avec la sensation propre d'une aile glissant sur les cordes d'un instrument, traînante et légère, que remplaça une voix prononçant les mots sur un ton descendant: "La Pénultième est morte," de façon que

La Pénultime

finit le vers et

Eſt morte

se détacha de la suspension fatidique plus inutilement en le vide de signification. Je fis des pas dans la rue et reconnus en le son nul la corde tendue de l'instrument de musique, qui était oublié et que le glorieux Souvenir certainement venait de visiter de son aile ou d'une palme et, le doigt sur l'artifice du mystère, je souris et implorai de vœux intellectuels une spéculation différente. La phrase revint, virtuelle, degagée d'une chute antérieure de plume ou de rameau, dorénavant à travers la voix

유추의 악마[155]

알 수 없는 말이 조리 없는 문장의 저주받은 누더기 되어 당신들의 입술 위에서 노래했던가?

내가 집을 나서자니 무슨 날개가 악기의 현을 느리고 가볍게 스치며 지나가는 것 같은 감각이 느껴졌고 그것은 점차로 낮아지는 어조로 "라 페�티엠은 죽었다."고 내뱉는 어떤 목소리로 변했는데,

'라 페뉠티엠'

은 첫 번째 시행을 마감하고

'은 죽었다'

는 어떤 피할 수 없는 중단으로부터 더욱 무용하게 뚜렷이 부각되어 의미의 공백으로 변했다. 거리로 몇 발자국을 떼어 놓자 나는 '뉠'이라는 소리에서, 그동안 잊혀 있었으나 필시 영광스러운 '추억'이 그의 날개 아니면 종려나무와 함께 이제 막 찾아온 어떤 악기의 팽팽하게 당겨진 현을 인지할 수 있었다. 그래서 나는 이 신비의 기교 위에 손가락을 올려놓은 채 미소 지었고 내 지적 기원을 다하여 어떤 다른 사색을 빌었다.[156] 그러자 문장이

entendue, jusqu' à ce qu'enfin elle s'articula seule, vivant de sa personnalitè. J'allais(ne me contentant plus d'une perception) la lisant en fin de vers, et, une fois, comme un essai, l'adaptant à mon parler; bientôt la prononçnt avec un silence après

"*Pénultième*" dans lequel je trouvais une pénible jouissance:

"*La Pénultième*" puis la corde de l'instrument, si tendue en l'oubli sur le son nul, cassait sans doute et j'ajoutais en manière d'oraison: "*Est morte.*" Je ne discontinuai pas de tenter un retour à des pensées de prédilection, alléguant, pour me calmer, que, certes, pénultième est le terme du lexique qui signifie l'avant-dernière syllabe des vocables, et son apparition, le reste mal abjuré d'un labeur de linguistique par lequel quotidiennement sanglote de s'interrompre ma noble faculté poétique: la sonorité même et l'air de mensonge assumé par la hâte de la facile affirmation étaient une cause de tourment. Harcelé je résolus de laisser les mots de triste nature errer eux-mêmes sur ma bouche, et j'allai murmurant avec l'intonation susceptible de condoléance: "*La Pénultième est morte, elle est morte, bien morte, la désespérée Pénultième,*" croyant par là satisfaire l'inquiétude, et non sans le secret espoir de l'ensevelir en l'amplification de la psalmodie quand, effroi! — d'une magie aisément déuctible et nerveuse— je sentis que j'avais,

잠재적인 상태로, 날개깃이나 야자수 가지들이 떨어지는
것 같은 지난번의 감각은 싹 가신 채, 이제부터는 이해할
수 있는 목소리를 통하여 되살아나더니 마침내 그 개성이
생생하게 느껴지는 독자적 모습을 뚜렷이 나타냈다.[157]
나는 (인지능력만으로는 만족스럽지 않아서) 걸어가면서
이 문장을 시행의 끝에 놓고 읽어 보고, 또, 연습 삼아, 한
번은 내 어투에 맞추어 보았고, 이내 "페뉼티엠"이라는
말 바로 다음에 얼마간의 침묵을 두어 발음해 보았는데
이 침묵에서 나는 어떤 고통스러운 쾌감을 느꼈다: '라
페뉼티엠', 다음에 '뉼' 음에 이르러 악기의 현이 망각
속에서 너무나 팽팽하게 잡아당겨진 나머지 아마 끊어져
버린 것 같아서 나는 기도하듯이 덧붙였다: "은 죽었다."[158]
나는 유달리 좋아하는 생각들 쪽으로 마음을 돌리려고
끊임없이 애쓰면서, 물론, 페뉼티엠은 단어의 끝에서 두
번째 음절을 뜻하는 술어이고 보면, 나의 고귀한 시적
기능을 뚝 중지시키곤 해서 늘 마음을 안타깝게 하는
이 언어 천착의 고된 노력을 제대로 끝내지 못한 결과 그
여파로써 이런 생각이 나타나게 된 것이 아닐까 하는 결론을
내리면서 스스로의 마음을 진정시키려고 애썼다: 그 말의
음색 자체, 또 서둘러 쉽게 인정할 때 갖게 되는, 거짓말을
하고 있다는 느낌이 고통의 한 원인이었던 것이라고 말이다.
마음이 부대끼다 못해, 나는 이 한심한 성질의 말들이 내

ma main réfléchie par un vitrage de boutique y faisant le geste d'une caresse qui descend sur quelque chose, la voix même (la première, qui indubitablement avait été l'unique).

Mais où s'installe l'irrécusable intervention du surnaturel, et le commencement de l'angoisse sous laquelle agoinse mon esprit naguère seigneur c'est quand je vis, levant les yeux, dans la rue des antiquaires instinctivement suivie, que j'étais devant la boutique d'un luthier vendeur de vieux instruments pendus au mur, et, à terre, des palmes jaunes er les ailes enfouies en l'ombre, d'oiseaux anciens. Je m'enfuis, bizarre, personne condamnée à porter probablement le deuil de l'inexplicable Pénultième.

입술 위에서 저희들끼리 맴돌게 내버려 두기로 결심하고, 애도의 의미로 해석될 수 있는 어조로 "라 페늪티엠은 죽었다. 그는 죽었다. 완전히 죽었다. 절망한 페늪티엠"이라고 중얼거리면서, 그렇게 하여 불안감을 달랜다고 믿었고, 또 그 과장된 중얼거림 속에 그 불안감을 묻어 버리고 싶다는 남모를 희망도 없지 않았는데,[159] 무서워라! — 쉽게 추리해 볼 수도 있을 무슨 신경조직의 요술처럼 — 문득, 내 손이 그 무엇인가의 위로 더듬어 내려오는 애무의 몸짓을 하는 모습이 어떤 상점 유리창에 비치는 동시에 내가 목소리(영락없이 단 하나뿐이던 최초의 것인)를 가진다는 것을 느꼈다.[160]

그러나, 이 부정할 수 없는 초자연적 힘이 개입한 지점은, 전에는 늘 스스로의 주인이던 나의 정신이 죽도록 받은 그 고통의 시작은 바로, 자신도 모르게 골동품 상점들의 거리를 따라가던 내가 눈을 들고, 벽에는 옛날 악기들을 걸어 놓고 땅바닥에는 노랗게 마른 야자수 잎들과 그늘에 묻힌 옛날 새들의 날개들을 늘어놓고 파는 악기 상점 앞에 내가 서 있는 것을 보았던 그때였다. 나는 필시 그 설명할 길 없는 페늪티엠의 상(喪)을 당한 운명의 인물이 되었다는 기이한 느낌에 그만 도망을 쳤다.[161]

LA PIPE

Hier, j'ai trouvé ma pipe en rêvant une longue soirée de travail, de beau travail d'hiver. Jetées les cigarettes avec toutes les joies enfantines de l'été dans le passé qu'illuminent les feuilles bleues de soleil, les mousselines et reprise ma grave pipe par un homme sérieux qui veut fumer longtemps sans se déranger, afin de mieux travailler: mais je ne m'attendais pas à la surprise que prèparait cette délaissée, à peine eus-je tiré la première bouffée, j'oubliai mes grands livres à faire, émerveillé, attendri, je réspirai l'hiver dernier qui revenait. Je n'avais pas touché à la fidèle amie depuis ma rentrée en France, et tout Londres, Londres tel que je le vécus en entier à moi seul, il y a un an, est apparu; d'abord les chers brouillards qui emmitouflent nos cervelles et ont, là-bas, une odeur à eux, quand ils pénètrent sous la croisée. Mon tabac sentait une chambre sombre aux meubles de cuir saupoudrés par la poussière du charbon sur lesquels se roulait le maigre chat noir; les grands feux! et la bonne aux bras rouges versant les charbons, et le bruit de ces charbons tombant du seau de tôle dans la corbeille de fer, le matin— alors que le facteur frappait le double coup solennel, qui me faisait vivre! J'ai revu par les fenêtres ces arbres malades du square désert— j'ai vu le large, si souvent traversé cet hiver-là, grelottant sur le pont du

파이프[162]

이제, 일을 하는 기나긴 저녁 나절, 아름다운 겨울 일을 하는 저녁 나절, 나는 내 파이프를 찾았다. 태양의 푸른 잎사귀들과 모슬린 비단이 빛을 던지는 과거 속으로 여름의 모든 천진스러운 기쁨과 함께 궐련 담배는 던져 버리고, 방해받지 않고 오랫동안 담배를 피우며 보다 더 잘 일하고 싶은 진지한 사람이 되찾은 나의 이 심각한 파이프: 그러나 나는 이 방치되었던 물건이 준비하고 있었던 뜻밖의 놀라움은 예기치 못했다. 처음 한 모금을 빨아들이자마자,[163] 감탄을 금치 못한 채 감동하여 내가 써야 할 대작의 책들은 까맣게 잊고, 이제 되돌아오는 지난 겨울을 깊이 들이마셨다. 프랑스에 돌아온 이후 내가 이 진실한 친구를 전혀 건드리지 않았더니, 이제 모든 런던이, 일년 동안 나 혼자서 송두리째 살아 냈던 그대로의 런던이 눈앞에 나타났다. 우선, 우리네 머릿속을 자욱하게 감싸던 그 낯익은 안개, 그곳에서 칸막이 밑으로 파고들 때면 그 특유의 냄새를 풍기는 안개, 내 파이프에서는, 석탄 가루가 내려앉은 가죽제 가구들이 놓여 있고 수척한 검은 고양이가 그 위에 뒹구는 어둠침침한 방의 냄새가 났다; 활활 타오르는 난롯불! 그리고 석탄을 부어 주는 두 팔이 빨건 하녀, 또 석탄 덩어리들이 양철통에서 쇠 바구니 속으로 떨어지는 소리. 아침, 그맘때면 우체부가 그 엄숙한 두 번의 노크 소리로 문을 두드렸고 그러면 나는

steamer mouillé de bruine et noirci de fumée— avec ma pauvre bien-aimée errante, en habits de voyageuse, une longue robe terne couleur de la poussière des routes, un manteau qui collait humide à ses épaules froides, un de ces chapeaux de paille sans plume et presque sans rubans, que les riches dames jettent en arrivant, tant ils sont déchiquetés par l'air de la mer et que les Pauvres bien-aimées regarnissent pour bien des saisons encore. Autour de son cou s'enroulait le terrible mouchoir qu'on agite en se disant adieu pour toujours.

살맛이 났다! 유리창 너머로 보이는 황량한 광장의 병든 나무들이 눈에 선했다 — 실안개에 젖고 연기에 그을린 증기선의 갑판 위에서 몸을 으스스 떨며, 그해 겨울 그리도 자주 건너다녔던 먼 바다를 보았다 — 여행자 차림의 내 가난한 떠돌이 연인과 함께. 길의 먼지로 빛이 흐릿해진 긴 옷, 차가운 두 어깨 위에 축축하게 들러붙는 외투, 부잣집 마나님들 같으면 도착지에 닿는 즉시 버리고 말, 깃털도 없고 리본도 거의 없다시피 된 밀짚모자는 바닷바람에 그토록 해어졌건만 가난한 애인들은 아직 여러 철을 두고 다시 손질해 쓰는 것이었다.[164] 그녀의 목에는 사람들이 영원히 헤어질 때 작별 인사로 흔드는 그 참담한 손수건이 감겨 있었다.[165]

「자서전」

만약 이 모두가 결실을 맺지 못한다면 어느 날, 특히 어느 수요일 해질 녘쯤 해서 내 당신을 찾아가 볼까 합니다. 얘기를 나누다 보면 오늘 잘 생각나지 않는 전기적 디테일들이 당신이나 내 머리에 떠오를 테지요. 오직 당사자만이 알고 있는 호적 사항이라든가 여러 가지 날짜 따위 이외의 것들이 말입니다.

이제 내 이야기를 하겠소.

그렇소, 나는 오늘날은 라페리에르 상점가라고 부르는 파리의 거리에서 1842년 3월 18일에 태어났소. 부모님의 양가 모두 프랑스혁명 이후 줄곧 행정 업무와 등기 업무에 종사하였소. 비록 조상들이 거의 모두 그 부서의 고위층에 있었지만 집안에서 어릴 적부터 내게도 물려주려 했던 이 방면의 활동 무대를 나는 회피했다오. 나의 여러 조상들에게 등기 사무 이외의 일을 위해서 붓을 놀리는 취미가 있었다는 흔적이 발견되고 있소. 아마 등기 사무가 생기기 이전인 것 같소만, 내 조상들 중 한 분은 루이 16세 치하에서 서적상 협회의 간사를 지냈는데 내가 다시 인쇄하게 한 벡퍼드(William Beckford)의 『바테크(The History of Caliph Vathek)』의 프랑스어판 원본 첫머리에 실린 '왕의 출판 허가'를 받은 사람 명단 끝에 보면 그분의 이름이 나와 있소. 다른 한 분은 《알마나크 데 뮈즈》와 《레 제트렌 오 담》에

풍자시를 썼지요. 내가 어렸을 때는 파리 부르주아 가정의 오래된 실내에서 종조부뻘 되는 마니엥 씨를 만난 일이 있었는데, 이분은 『천사』라든가 『악마』라든가 하는 온통 낭만적인 책을 출판하여 요즘도 내가 받고 있는 고서 목록 중 값비싼 항목에 이따금 다시 등장하지요.

조금 앞서 내가 파리의 가정 태생이라고 한 것은 우리가 항상 파리에 살아왔기 때문이요. 그러나 본은 부르고뉴와 로렌 지방 쪽으로 심지어 독일계까지 섞여 있소.

나는 아주 어렸을 때, 즉 일곱 살에, 어머니를 여의고 외할머니의 귀여움을 받고 자랐소. 그 뒤, 나는 수많은 중학교 기숙사들을 전전하였고 라마르틴 타입의 낭만적 성격이었고, 친구 집에서 만난 일이 있었던 문사 베랑제 씨를 어느 날엔가 필적하는 사람이 되어 보겠다는 남모르는 욕심을 품고 있었다오. 이 꿈을 실천에 옮긴다는 것은 너무 어려운 일같이 보였지만 나는 오랫동안 100여 권의 작은 노트에 운문 쓰기 연습을 해 보았는데, 내 기억이 정확하다면, 그것은 모두 다 압수당하고 말았지요.

당신도 알다시피, 내가 사회로 진출할 무렵에는 시인이 자기 예술만 가지고는 백 보 양보한다 하더라도 먹고살 방법이 없었지요. 단지 에드거 앨런 포를 좀 더 잘 읽어 볼까 하여 영어를 배운 덕분에 나는 스무 살이 되자 그냥 떠나고 싫어서 영국으로 갔지요. 물론 영어 회화를 배우고, 또 다른 생활 수단이 없이도 조용히 살 수 있는 한구석에서 영어를 가르치고 지내기 위해서이기도 했소. 결혼을 하고 보니 먹고사는 것도 급했소.

20년이 지난 오늘, 어지간히도 많은 시간을 허비하긴 했지만, 나 스스로는 쓸쓸한 기분으로나마 잘한 일이라는 생각이요. 그 까닭인즉, 젊었을 때 쓴 산문과 시 조각들, 또 그것들에 화답하듯 써서 어떤 문예지의 창간호가 나올 때마다 여기저기에 발표한 그 후의 작품들 외에, 나는 마치 옛날 사람들이 '위대한 작품'을 굽는 가마에 불을 때기 위하여 가재도구와 지붕의 서까래를 불태웠던 것과 마찬가지로, 일체의 허영과 만족감을 희생시킬 준비가 되어 있는 연금술사의 인내심을 가지고 항상 다른 것을 꿈꾸고 시도했기 때문이오. 위대한 작품이라니 뭘 말하는 것인가? 말하기 어렵구료. 요컨대 여러 권으로 된 하나의 책, 비록 멋들어진 것이라 할지라도 우연적인 영감들을 주워 모아 놓은 것이 아니라 건축적이고 신중히 계획된 책다운 책 말이오. 한걸음 더 나아가서 절대의 책(*le Livre*)이라고 말하겠소. 결국 글을 써 본 사람이면, 천재들까지도, 자기도 모르게 시도해 본 딱 한 권의 책이 존재할 뿐이라고 나는 굳게 믿고 있소. 대지, 즉 세계에 대한 오르페우스적 설명, 이것이 시인의 유일한 숙제이며 문학적 유희의 본질이겠소.

왜냐하면 책의 리듬 자체, 그래서 비개인적인 동시에 살아 있는 것인 책의 리듬 자체가, 페이지를 매기는 데 있어서까지, 이 꿈의 방정식, 혹은 시가(Ode)와 나란히 놓이기 때문이오.

사랑하는 친구여, 이것이 바로 내가, 머리가 쪼개지는 듯해서, 혹은 지친 나머지 팽개쳐 버렸던 내 악벽의 적나라한 고백이오. 그러나 이 악벽은 나를 사로잡고 놓아주질 않는데, 어쩌면 나는 성공할 것이오. 이 작업의 전체를 다 완성하겠다는 것이 아니라(그렇게 하려면 나도 알 수 없는 그 어떤 존재여야 하겠지요!) 실행에 옮긴 그 한 조각을 보여 주고, 한 사람의 일생을 다 바쳐도 부족할, 나머지 부분 전체를 가리켜 보임으로써, 어떤 자리를 통하여 그 전체의 영광스러운 진정함이 빛을 발하도록 하는 일에 성공을 거두겠다는 것이오. 이루어 놓은 부분을 통하여, 그 책이 존재한다는 사실을 증명하고, 내가 실제로 달성하지 못하게 될 것이 어떤 것인지를 내가 알고는 있었다는 사실을 증명하는 것 말이오.

우선 당신 자신을 포함하여 이따금 여러 선의의 탁월한 인사들의 친절한 관심을 끌기도 했던, 알려진 수많은 조각 글들이 있지만 그런 것들을 모아서 서둘러 책을 꾸밀 뜻은 없었으니 그리 간단한 일은 아니오! 그런 모든 것은 내게 있어서 손맛을 잃지 않고 유지한다는 잠정적인 가치

이외의 그 어떤 가치도 없소. 때때로 그중 어떤 하나가 그들 모두에게 제아무리 잘된 것이라 할지라도 그것들이 모여 그저 하나의 앨범이 되긴 하겠으나 책이 될 수는 없소. 반면 바니에 출판사가 내 손에서 이 조각들을 낚아채 갈 수는 있겠지만 내가 그것들을 책의 페이지 위에 갖다 붙여 놓아 봤자 오래된, 혹은 귀중한 걸레 조각들을 수집하는 것과 같은 의미밖에는 없소. 『운문과 산문 선집』 따위의 제목에 '선집'이라는 자조적인 어휘를 붙여 가지고 말이오.

형편이 어려운 때, 혹은 내게는 엄청난 비용이 드는 보트를 구입하기 위해서 나는 깨끗하지만 자질구레한 일들을 해야 했지만 그뿐이니, 그것들(『고대의 신들』, 『영어 단어집』)에 대해서는 이야기하지 않는 것이 좋을 것 같소. 그러나 이것을 제외하고는 필요성이나 즐거움을 위해서 양보를 한 적은 별로 많지 않았소. 그 반면 어느 순간 나 자신이 포기해 버린 폭군 같은 책에 절망한 나머지 여기저기에서 기사들을 긁어모아 가지고 나 혼자서 화장, 보석, 가구류, 심지어 연극, 식사 메뉴 등에 걸쳐 《최신 모드》라는 잡지를 집필 창간해 보려고 시도해 보았는데, 그렇게 펴낸 여덟 혹은 열 개의 호를 꺼내어 먼지를 털어 보노라면 아직도 나는 오랫동안 꿈에 잠기곤 한다오.

이런 종류의 태도에는 필연적으로 고독이 따르기 마련이오: 나의 집에서부터(지금은 로마 가 89번지요.)

내가 내 시간을 세금으로 물어야 했던 여러 장소, 즉 리세 콩드르세, 자종 드 사이, 끝으로 롤렝 학교까지의 길을 다니는 것 이외에는 그 무엇보다도 내가 좋아하고 또 내 가족들이 지켜 주는 아파트를 비우는 일이 별로 없소. 오래되고 귀중한 몇 가지 가구들과 대체로 하얗게 비어 있기 십상인 백지들 사이가 나의 거처요. 나의 가장 귀한 친우는 빌리에(드릴라당)과 망데스(Catulle Mendès)였지요. 그리고 나는 10년 동안 매일같이 마네(Édouard Manet)를 만나 왔는데 오늘날 그가 옆에 없다는 것이 도무지 믿어지지 않소!

친애하는 베를렌, 당신의 『저주받은 시인들』과 위스망스(Joris Karl Huysmans)의 『거꾸로』는 오랫동안 텅 비어 있던 나의 화요회에서 우리들을 사랑하는 젊은 시인들의(말라르메주의자들은 제외하고) 관심을 끌었어요. 그래서 단지 사람들이 서로 만나는 것에 불과한 일인데 더러는 내가 무슨 영향력을 미치려 했다고 사람들은 생각한 모양이오. 대단히 예민한 터이라, 나는 이 같은 젊은 사람들이 오늘날 관심을 돌리게 된 쪽에 한 10년쯤 먼저 가 있었던 것이오.

큰 신문들이 그토록 오래전부터 채로 거르다시피 들춰내다 보니 내가 대단히 이상한 인물처럼 알려졌지만 실은 그 반대로 일화라곤 전혀 없는 내 일생을 이로써 다 얘기한 셈이요. 일상적인 걱정, 기쁨, 집안의 슬픔 따위를 제외하고는 아무리 유심히 살펴보아도 이렇다 할 것이 없구료. 발레를 상연하는 곳, 오르간 연주를 하는 곳이면 어디나 나타나는 터이지만 이건 거의 서로 모순된 내 두 가지 예술적 열중의 대상들이고 그 의미는 말하지 않아도 잘 알 것이니 그게 전부요. 정신적 피로가 너무 심할 때면 수년 동안 늘 같은 장소인 센 강변과 퐁텐블로 숲으로 도피하곤 하는 걸 말하지 않았네요. 거기서는 강을 따라 배를 타고 나가는 데에만 정신이 팔려 나는 전연 다른 사람같이 느껴진다오. 저 물속에 여러 날들이 통째로 다 가라앉도록 버려두는 강, 그러면서도 그날들을 잃어버렸다는 느낌도, 한 가닥 회한의 그늘도 갖지 않게 해 주는 강을 나는 한없이 좋아하오. 마호가니 단정(端艇)을 타고 드라이브하는 사람에 불과하지만 자기의 선대(船隊)에 큰 자부심을 갖는 열정에 찬 뱃몰이꾼이기도 하다오…….

파리, 1885년 11월 16일 월요일

작품 출처

1) Jean-Pierre Richard, *L'Univers imaginaire de Mallarmé*, Éd. de Seuil, 1961.
2) Albert Thibaudet, *La Poésie de Stéphane Mallarmé*, Gallimard, 1926.
3) Guy Michaud, *Mallarmé*, Hatier, 1958.
4) Charles Mauron, *Mallarmé* l'obscur, Denoël, 1941.
——, *Mallarmé par lui-même*, Seuil, 1964.
5) Guy Delfel, *L'Esthétique de Stéphane Mallarmé*, Flammarion, 1951.
——, Pages Choisies, *Mallarmé*, Hachette, 1954.
6) Charles Chassé, *Les Clefs de Mallarmé*, Aubier, 1954.
7) Henri Mondor, *Vie de Mallarmé*, Gallimard, 1941.
8) Wallace Fowlie, *Mallarmé*, The University of Chicago Press., 1953.

1) 문학지《라 플륌(La Plume)》이 베푼 7차 만찬회를 주재한 시인이 축배를 들기 위하여 쓴 1893년의 시. 비교적 후기에 속하는 이 시를 말라르메는 자기의 『시집』 첫머리에 위치시킴으로써 만찬에 참석했던 동료, 후배 시인들뿐만 아니라 독자들에게 바친 축배의 시가 되도록 했음. 모든 것이 '백색' 고뇌의 영도(零度)에서 다시 시작된다. 보들레르 시집 『악의 꽃』의 서시 「독자에게」와 유사한 역할을 하는 시.
2) "아무것도 아닌 것(rien)"으로 시작된 이 시의 변이 과정은 무(無)에서 출발하여 전체의 통일에 이르는 창조의 과정을 암시한다. 무→거품→바다→항행→창조 등의 확대 과정을 주목할 필요가 있다. 말라르메의 시에 자주 나타나는 '거품'은(이 시의 경우 손에 든 술잔 속의 술거품이겠으나) 가벼움, 유동성, 사라지기 쉬움 등의 그 본질로 인하여 무와 존재 사이의 교차점에 위치하는 동적인 유체(流體) 이미지의 좋은 예로, 여기서는 '때 묻지 않은(아직 쓰지 않은) 시(vierge vers)'와 비교된다.
3) '거품'이 유도한 물(바다)의 이미지는 해정(海精: 여자)들의 목욕에 이른다. 말라르메 시의 관능적 풍경 속에서 '목욕하는 여자'가 차지하는 역할에 주목(「목신의 오후」 참조).
4) 뱃머리에 자리 잡은 친구, 후배 시인들과 함께 자신은 뒷전에 자리 잡고 창조의 항행 길을 떠나는 모습을 '축배'의 장에서 이끌어 낸다. 술잔 속의 상상적 바다 항행.
5) '바친다'는 동사의 목적어인 '고독, 암초, 별' 세 개의 분리된 명사는 시, 창조, 항해가 감당하며 지향하는 세 가지의 과정으로 내가 바치는 술잔의 의미이다. 앞의 기체에 가까운 '거품'은 보다 액체인 '물결'의 액체를 거쳐 '고독, 암초, 별'이라는 모습으로 내면화, 고체화를 거치며 더욱 견고해진다. 마지막의 '별'은 술잔을 들어 올리는 방향의 천상적인 이미지인 동시에 우주적인 다이아몬드의 결정화, 즉 시인의 꿈을 암시한다(「목신의 오후」 끝부분의 "별"과 비교).
6) "백색의 심려"는 배의 흰 돛에서 유도된 백지, 시인의 창조 작업의 출발점에 놓인 미지의 세계. 백지 앞에서 느끼는 끊임없는 고통은 말라르메 시의 주축을 이룬다(「창」의 "백색의 휘장", 「바다의 미풍」의 '백지', 「백조」의 "백색 죽음 같은 고뇌" 등과 비교할 것).
7) 1863년 런던 체류 때 써서 24년 후인 1887년에 발표. 친구 카잘리스(Henri

Cazalis)의 연인을 위하여 노래한 시. 우아하고 자유로운 기법을 구사한 보기 드문 음악성이 돋보이는 말라르메의 걸작 중 하나. 비교적 평이한 구문으로 우수, 희미한 윤곽, 어렴풋한 빛, 섬세한 감정의 암시적 표현 등 전기 라파엘파의 영국 화풍과 비교된다.

8) "달빛"은 말라르메의 시에서 천상계에 속하면서도 '물'처럼 땅으로 유연하게 흘러내리면서 슬픔의 분위기를 만든다. 이런 함축적 의미는 이후 변모하나 그 백색으로 인하여 흔히 '백장미', '백합', '백조', '젊은 여자', '죽은 여자'의 이미지와 같은 연장 선상에서 그 빛의 부드러운 유동성으로 인하여 '애무'의 감각을 환기시킨다.

9) 이 최초의 몇 행 속에는 형상을 꼬집어 포착하기 어려운 일군의 여자들("천사들")이 시각, 청각, 후각 등 여러 가지 감각들의 조응 속에 도입된다. 달빛의 슬픔, 요정, 꽃, 꿈, "하얀 흐느낌" 등으로 보아 이 도입부는 시인의 죽은 누이동생 마리아와 무관하지 않을 듯.

10) 도입부의 몽롱한 분위기 속에서 '입맞춤'이 하나의 '사건'으로 등장하면서 앞서 여러 여자로부터 '너'라는 특정 인물로 압축되어 초점이 분명해진다. '꺾은 꿈'이 보여 주듯 입맞춤은 한갓 환멸이 아니라 일종의 신성 모독적 충격("1854년 6월 18일: 영성체, 1857년 8월 31일: 마리아의 죽음, 1859년 4월: 에밀리와 하룻밤을 자다, 1860년 7월 5일: 처음으로 J. F.와 단둘이. 1860년 11월 8일: 대학 입학 자격 시험. 1860년: 타락의 길로 첫발"이라고 쓴 시인의 사춘기 노트 참조)으로 제시된다. 여기서 입맞춤은 분위기 전체를 지배하는 슬픔, 윤곽의 소실, 죄책감 섞인 도취, 방황 등의 고통을 낳는 원인이었음을 알 수 있다.

11) 입맞춤 사건 이후 별안간 나타나는 기쁨의 여자, 불타는 머리카락, 햇빛, 웃음 "빛의 모자" 등 청춘과 환희의 상징으로서 나타난 여자. "빛의 모자"는 시인이 쓴《최신 모드》에 묘사한 모자를 염두에 두고 해석해 본다면 아름다움, 젊음, 사랑의 현실적인 동시에 시적 의미를 찾아낼 수 있을 것이다(첫 번째 「환영(幻影)」 참조).

12) 그러나 시인은 이 젊은 여자, 빛, 미소 뒤에서 과거의 슬픔을 본다. 햇빛(낮)은 별빛(밤)으로, 위로 솟은 빛과 웃음은 밑으로 떨어지는 꽃과 눈으로 바뀐다. 젊은 여자는 죽은 어머니("옛날 응석받이 적 내 고운 잠")로 자리바꿈한다. 시 제목이 보여 주는 환영은 이 두 번째의 나타남, 즉 현재를 밀어내고 긴 시간의 거리를 넘어 나타나는 과거의 출현에서 두 번째 변신을 보여 준다. 그러나 그 과거는 손에 잡히지 않는 몽상("채 오무리지 못한 그의 두 손")이며 그러나 현실보다 강한 몽상이다.

13) 1864년 4월 투르농 시절에 써서 1866년《현대 파르나스》에 발표. 드뷔시, 라벨 등이 작곡을 할 만큼 음악성이 강하고, 좋은 의미에서 보들레르의 영향권 속에 있는 작품. 가을 풍경과 여자 얼굴의 대조가 시 전체의 기조를 이룬다. '하늘'이 여자, 가을, 한숨, 물 등의 이미지 전이를 통해 말라르메 시에서 보기 드문 '부드러움'과 '깊이'의 감각을 환기한다. 이 시의 "꿈꾸는", "떠도는", "우수에 찬", "한숨짓는", "죽은 물", "애틋한" 등 하늘(창공, 혹은 그 등가물)을 수식하는 형용사는 「창공」의 "살아 있는 금속", 「창」의 "수정", 「백조」의 "단단한 호수" 등이 보여 주는 견고성, 공격성, 폐쇄성과 대비되는 유연성, 깊이를 보여 주고 있다.

14) 여자의 이마(얼굴)에 자욱이 난 주근깨와 뒤에 나오는 낙엽은 같은 갈색, 즉 타 버린 불덩어리가 사그라져 가는 듯한 가을빛을 통하여 인간의 육체와 자연 정경을 서로 조응시킨다. 다음 행의 "떠도는" 눈과 하늘을 동일한 시적 자장 속에서 마주치게 하듯이.

15) "이마를 향하여", "하늘을 향하여", "분수" 등은 위로 "솟아 오르"는 시인의 수직 상승적 이상을 암시하는 반면, 시 후반에 나오는 "연못들에…… 비추어 보면", "잎새들의 목숨 다해 가는 황갈색", 즉 가을의 낙엽은 '밑으로 떨어짐' 일색이다. 이 두 가지 운동을 결합시킴으로써 '죽음', '가을', 저무는 '태양' 등의 어둡고 슬픈 종말 속에서 시인은 인간의 내적 열망과 하늘의 화답이 일체가 되는 절망적 통일의 순간을 정적인 풍경으로 구상화한다.

16) 이 시에서 두 번 나오는 대문자의 '창공(L'Azur)'은 시가 추구하는 미학적 절대 이상이다(시 「창공」 참조).

17) 1863년 런던 체류 때 쓴 시. 런던의 음울한 풍토와 이 시는 무관하지 않다.

> 이곳 햇빛은 병원 속에서 잠이 들고, 병든 회벽을 덥히다 보니, 병원의 초라한 벽들에서 희끄무레한 그 무엇인가에 취한 것 같다. 무더위가 썩히는 남루의 숨결로 대기는 가득 차고, 가난한 자들에게는 여름이란 미지근한 기생충들이 그들 남루한 주거(住居)에 우글거리는 계절에 지나지 않는다.
>
> — 앙리 카잘리스에게 보낸 1863년 6월의 편지

그러나 그보다 더 중요한 것은 이 시에서 최초로 나타나는 '병원- 갇힌 세계- 행복- 속세'와 '하늘(창공)- 열린 세계-이상'이라는 상반된 공간 메타포를 주목하는 일이다. 이 두 개의 상극적인 두 공간의 교차점으로써 '창'은 일단 시적 발상의 출발점이 된다.

18) 첫째 연의 주어 "빈사의 환자"가 둘째 연 첫머리에 와서야 비로소 공간적

이동에 성공한다. 이 연과 연 사이의 공간이 환자의 동작의 힘겨움과 완만함을, 다른 한편 침대와 창 사이의 거리, 십자가나 향냄새와 햇빛 사이의 거리를 구체적으로 경험하게 한다.

19) 말라르메의 이상(L'Idéal) 추구의 과정에 함축된 에로티즘("탐내는", "입맞춤")과 투명성으로 인하여 창은 실물(유리)인 동시에 초월적 부재로 기능한다. 밖을 향해 열린 '문'인 동시에 안으로 가두는 '벽'인 '창'은 욕망의 대상처럼 '존재/부재'의 동시적 공존으로 시적 긴장감을 살려 내는 상상력의 현장이 된다.

20) 창은 병든 몸을 가두지만 살아 있는 시선을 통과시켜 밖의 세계('지평선')에 꿈의 공간을 만들어 놓는다. 여기서는 '꿈'의 세계가 진정한 현실적 공간이 된다("이제 그는 살아나").

21) 부사 '이처럼'은 전체 10연의 시에서 6연의 첫머리에 위치함으로써 전반부의 "빈사의 환자"와 후반부의 시인, 즉 '나' 사이를 대칭된 메타포로 이어 주는 연결 고리 구실을 한다. 한편 병과 행복, 침대와 의자("깊이 파묻혀"), 십자가의 예수와 인간 등이 서로 대칭을 이룬다.

22) 2연 서두의 동사 '몸을 이끌다', '다가간다'와 7연 서두의 '도망친다', '매달린다'는 형식과 기능에 있어서 대칭을 이룬다.

23) 7연의 béni(축복받다), lavé(씻기다)라는 두 어휘는 앞에서 등장한 십자가와 연결되어 기독교 의식을 상기시킨다. 따라서 '이슬'이 시적으로 변화된 '성수'를 환기하는 한편 이 성수의 '물'은 8연의 얼굴을 비치는 나르시시즘적 '거울'("내 모습 비춰 보니")을 예고하는 동시에 시적 '재생'을 준비한다. 투명체로서의 창유리가 '거울'로 변함으로써 앞서 환자의 눈에 '바라보인' 밖의 세계, 즉 '꿈'의 세계가 창조, 재탄생, 미, 영원 등의 자아의 내적 세계로 변신한다. 여기에 말라르메의 시학, 혹은 시적 신비주의가 투사된 창의 이미지가 있다. 밖의 세계가 안의 세계로 변신할 때 유리는 '거울'이 된다. '거울'이 시의 형식적 대칭을 의미의 차원으로 끌어올린다.

24) 말라르메는 자기가 아직(혹은 영원히) 미숙한 시인임을 자각하는 것일까? 추락한 천사, 즉 시인은 의문부호로 시를 마감한다. "빈사의 환자"는 현실을 망각하며, 꿈속에서 살고자 한다. 밖을 내다보기 때문이다. 그러나 시인은 망각하지 않는다. 거울 속에서 천사가 된 자기를 보았으나, 거울 속에 자기를 비춰 보았기 때문에, 이 거울을 깨뜨려야 한다(4, 5연과 9, 10연을 비교할 것). 그러나 과연 깨뜨리는 것은 가능할까? 시인은 아직 의문 속에 남아 있다.

25) 1865년 작품. 시작 부분의 대담한 첫 줄이 강한 인상을 남기는, 말라르메 시에서 가장 널리 애송되는 시 중의 하나. 보들레르풍의 주제. 말라르메의

마지막 서정시. 바다(미지의 세계, 이국적 풍토)의 부름에 마음을 맡기는 시로서는 아마도 마지막일 듯. 후기 시 「인사」도 이와 유사한 주제를 다루나 단순한 서정적 도피가 아니라 창조의 고통에 더 의미를 줌으로써 더한 성숙에 이른다.

26) "모든 책"이란 단순한 과장이 아니라 창조자가 궁극적인 통일에 의하여 도달해야 할 '책'(대문자 Livre)에 비교할 때 수없이 많은 단편들의 집합에 지나지 않는 소문자 '책들' 의미. 시인이 시의 창조를 통해 달성하고자 하는 절대 이상세계, 즉 '창공'에 비교해 볼 때 인간의 육체가 덧없고 슬프듯이 "모든 책"은 이상적인 '책'에 비하면 그것들을 다 읽는다 해도 우리에게 진정한 의미와 만족을 주지 못한다.

27) 떠나기 위해 버려두고 가야 할 것들을 열거한다. "육체", "모든 책", 정원, 백지 위의 불빛, 아이에게 젖 먹이는 젊은 아내의 가정 등 소위 평범 속에 갇힌 일상의 '행복'을 구성하는 모든 것들.

28) 떠나는 자의 도취, 기쁨, 욕망 뒤에 완전히 숨기지 못하는 난파의 공포, 미래에 대한 불안, 시 「인사」의 "고독, 암초, 별"은 아마도 이 시 전체를 요약하는 것이 아닐까?

29) 1864년 10월부터 말라르메가 투르농에서 장시 「에로디아드(Hérodiade)」를 매우 어렵게 완성해 가고 있을 무렵, 같은 해 11월 19일에는 그의 아내가 딸 주느비에브를 낳았다. 이 작품은 이 두 가지 탄생을 맞은 이듬해 10월에 쓴 짧은 시다. 마치 「에로디아드」의 '아가(Cantique)'에서 세례 요한의 머리가 잘려 몸에서 분리 되듯이, 어린 새가 피 묻은 모습으로 제 어미의 몸에서 음울하게 태어나는 장면과 시가 시인에게서 분리되어 탄생하는 고통스러운 과정이 한데 겹쳐진 이미지를 보여 준다. 1865년 12월 31일 말라르메는 빌리에 드릴라당에게 보낸 편지에서 이 시의 창작 의도를 설명한다. "계시라도 받은 듯했던 밤 동안에는 황홀하게만 여겼던 아기가, 심술 사나운 새벽이 찾아왔을 때 보니 다 죽어 가는 모습으로 생명이 없는 것만 같은지라 섬뜩해진 시인은 그 아이에게 생명을 불어넣어 줄 그의 아내에게 데려가야겠다고 느낀다." '시의 선사'라는 제목은 마치 선물인 양 주어지는 시의 탄생 순간을 그려 보인다.

30) '이둬메': 그리스 로마 시대 팔레스타인 남부의 지명. 성서에 나오는 에사오의 옛 고향. 이삭과 레베카 사이에서 형 에사오와 동생 야곱이 태어났다. 형 에사오는 팥죽 한 그릇을 받고 동생 야곱에게 장자의 권리를 넘겨주었나. 따라서 '이둬메에서 데려온 아기'에는 '상속을 받지 못한' 자식, 즉 자신의 아버지(시인)로부터 분리되어 떨어져 나온 상태의 아기라는

암시가 숨어 있다. 에로디아드 역시 헤롯 가문의 공주로서 이뒤메 왕실의 일원이다. 그렇다면 이 시를 쓰던 시기에 말라르메가 고심하여 창작 중이던 「에로디아드」의 창조 과정이야말로 이 시 속에 등장하는 '아기'의 어려운 탄생과 직접적인 관계가 있을 것으로 짐작된다. 밤 : 어둡고 고통스러운 잉태(시 창작)의 밤이 지나가고 싸늘한 새벽빛이 탄생의 빛인 양 창문 너머로 밝아 온다. 전형적인 말라르메적 시간. 아직 밤새 어둠을 쫓던 램프가 켜져 있다.

31) '종려나무'는 밝아 오는 새벽 창문 밖으로 문득 내다보이는 풍경? 혹은 램프 빛(이곳, 실내의 빛)과 새벽빛(저쪽의 빛, 창문 밖의 빛)의 마주침이 가져오는 순간적이고 찬란한 폭발의 은유, 새로운 존재의 도래를 알리는 신비주의적 신호? 산문시 「유추의 악마」에 나오는 "분명하게 찬란한 '추억'이 그의 날개와 종려 가지와 함께 찾아드는 것이었다."와 비교해 볼 것.

32) 시(혹은 새로 태어난 새)는 시인(아버지)의 눈에 '유물'처럼 보인다. 그는 새로 태어난 자식에 대하여 적의를 느낀다. 앞의 "향료와 황금으로 불태운" 긴 밤이 지나가고 그 뒤에 남은 것이 '유물', 즉 새벽이다.

33) "오 아기를 흔들어 재우는 여인이여": 시인이 자신의 시를 독자에게 줌으로써 그 시와 헤어지듯이 아버지는 새로 태어난 딸을 자장가 부르는 여인(어머니)에게 맡긴다. 독자가 해석에 의하여 시의 의미를 완성시키듯이 여인은 자장가를 부르며 아기를 흔들어 재운다.

34) "시든": 말라르메의 시 속에서 이 형용사는 흔히 접근을 허락하지 않는 '순결성=처녀성', '불모성(石女)', '싸늘함', '불감증' 등의 이미지와 관련되어 있다. 에로디아드는 이런 여인의 전형이다.

35) "순결한 창공": 순수시의 완전함을 상징하는 말라르메 특유의 이미지.

36) "무녀의 백색": 여기서 백색은 젖과 여인의 육체를 동시에 연상시키면서 생명의 힘과 자양분을, 동시에 순결함과 싸늘함의 느낌을 함께 담고 있다. 또한 말라르메의 시에서 '무녀의(sibyllin)'라는 형용사는 '이뒤메의(iduméen)'라는 형용사와 동의어로서 '처녀성을 간직한', '임신한 적이 없는' 여인과 관련이 있다.

37) '소네트 몇 편'이라는 제목으로 발표된 네 편의 14행시 중 두 번째 소네트 「순결한, 싱싱한, 아름다운 오늘은」에 역자가 임의로 붙인 제목. 1885년 창조의 불모를 노래한 시. 말라르메의 작품 중 가장 유명하고 가장 빈번하게 인용된다.

때로, 시적 변용이 그 당연한 귀결에 이를 때까지 적절하게 기능하지 못하고 전개 과정의 어떤 한 단계에서 딱 멈추어 버리는 수가 있다. 이런 경우, 그 메커니즘 속에서, 무엇인가 작동이 정지되어 버린다. 더 이상 무덤 속에서 아무것도 건져 낼 것이 없어진 영혼은 그 스스로의 벽 사이에 꼭 끼어 있다. 어떤 정신적 마비의 경우에 대한 묘사인 소네트 「백조」에서 우리는 바로 그런 염난(炎難)을 목도하게 된다. 여기서 백조는 반성적 의식 단계에 이르자 그 다음 단계의 문턱을 넘어서지도, 천재의 자유로운 영원 공간으로 해방되어 나아가지도 못하게 된 자아 이미지로 보인다. 여기서 한 존재는 스스로의 내면을 굽어봄으로써 일상에 매인 운명에서 벗어나고 그리하여 사고하는 존재로서의 자기를 발견하게 되지만, 그 자성은 기이하게도 그 사고를 정지시키고 그 진전을 막는 결과에 이르고 만다. 이렇게 되면 그 변용의 모든 내적 변증법은 부정의 단계에 묶여 버린 채, 부정적인 것 자체가 아직 부정되어 존재로 승화되지는 못한, 위험한 최저 수위에서 마비된 것 같은 상태가 된다. 이 백색의 풍경 속에서는 과연 그 어떤 외침도, 그 어떤 비상도 기대할 수 없다. 백조는 표출의 은총을 거절당한 채 끝없이 죽어 가도록 형벌을 받았다. 아마도 진정한 죽음을 거부했기 때문에 그런 형벌을 받은 것 같다.

— 장 피에르 리샤르, 『말라르메의 상상세계』, 252쪽

38) 시의 첫 행의 주어로 기능하는 시간부사 "오늘"은 이 시 전체의 극적 성격을 지배하는 세 가지 시간(과거, 현재, 미래)에 주목하게 한다. 과거('옛적의' 백조)는 행복했던 추억의 과거가 아니라 불모가 누적된 겨울, 즉 꿈이 시와 '책(Livre)'으로 결정되지 못한 채, 무산되어 버린 시간, 오늘의 이 견고하고 헤어날 길 없는 얼음을 준비한 시간, 요컨대 찾아가 살아야 할 낙토(樂土)인 "살아야 할 영역"을 노래하지 못한 시간을 말한다. 현재는 얼어붙은 호수의 시간, 부동과 폐쇄, 유형과 절망의 시간이며 미래는 현재의 닫힌 시간, 닫힌 공간을 열린 공간, 열린 시간으로 변신시킬 수 있는 마력("찢어 줄 것인가!")을 지닌 것으로 기대된다. 불모의 과거, 부동의 현재에 동력과 생명을 부여해 줄 날개 달린 시간이 미래라면 여기의 '오늘'은 현재의 두 얼굴, 즉 과거와 미래 중 "순결한, 싱싱한, 아름다운" 미래의 가능태를 담고 있다.

39) 상징주의 시편들에서 「백조」는 이 유파 시의 특징이라 할 만큼 빈번히 다루어지며(보들레르의 시 「백조」 참조) 순수, 유형, 우수, 시의 본질 등의 의미를 함축한다. 그러나 말라르메는 이 전통적 새를 통하여 판에 박힌 상징성에서 한걸음 더 나아가 직접적 감각(백색, 길고 유연한 목의 몸짓, 애무하는 듯한 털이 주는 고통과 관능)을 환기시키는 데 성공한다. 한편

백조의 백색과 '투명한' 얼음, 서릿발의 백색이 구별할 수 없을 정도로 뒤섞이면서 백조가 받는 고통의 내면화, 즉 "하얀 단말마의 고통(blanche agonie)"이 보다 절실해진다. 얼어붙은 호수에 발이 묶이고 서릿발 아래 갇힌 백조는 점차 저 자신의 백색 몸과 정신적 고통 속에 유폐된 '유령'의 모습으로 시적 변용을 겪게 된다.

40) 불모, 무력, 무용한 유형(流刑)을 받아들여 그 조건 속에서 견디며 살아갈 것을 각오하는 백조의 수용적 태도는 지금까지 시편 전체에 걸쳐 전개되어 온 실패의 드라마에 긍정적 논리를 제공한다. 여기서 우리는 시 전편을 통일시키는 'i 장조'의 두운법; 압운법에 특히 주목할 필요가 있다. (vierge, vivace, aujourd'hui, il, déchirer, ivre, givre, fui, lui, délivre, vivre, ennui, agonie. nie, pris, assigne, mépris, Cygne 등)

41) 대작 「에로디아드」를 집필하던 1865년 6월에 '목신(牧神)'을 주인공으로 하는 단막 극시를 구상, 예외적으로 불과 석 달 만에 완성한 것이 「목신의 독백」이다. 테아트르 프랑세의 무대에 올리는 데 성공하지 못하자 (시에 충분한 극적 스토리가 없다는 이유로) 방치해 두었다가 무대화를 위한 극적 성격을 제거하고 1866년 늦봄에 다시 퇴고, 10년이 지난 1876년에 유명 화가 마네의 삽화와 함께 195부 한정 호화판으로 출간한 것이 『목신의 오후』이다. 1894년 클로드 드뷔시가 「목신의 오후 전주곡」을 작곡, 같은 해 12월에 초연하고, 이 시와 음악에 따라 무용가 니진스키(Vaslav Fomich Nijinsky)가 러시아 발레 공연(파리) 때 무용극으로 만들어 무대에 올렸다. 이 작품과 거의 같은 시기에 그 못지않은 열정을 기울여 창작한 「에로디아드」와는 쌍둥이 형제라 할 만큼 내적, 외적 관련이 있는 말라르메의 대표작으로, 관능적인 꿈의 세계에 대한 탐구와 시의 독특한 음악성이 돋보인다. 아카디아의 라도 강변에서 목욕하는 님프들(전원과 숲의 정령)이 목신(Faune)이 부는 피리 소리에 놀라 도망친다. 백조의 무리인 줄 알았던 이 님프들이 여자인 것을 안 숲지기 악신(樂神)인 폰(Faune), 즉 목신은 그들을 추격하여 그중 두 형제를 겁탈하는 데 성공. 이 범죄는 제신들의 분노를 불러일으켜 징벌을 받게 된 목신은 잠에 빠진다. 시가 시작되면서 잠에서 깬 목신이 지나간 일을 회상하면서 그의 의식은 꿈과 현실을 넘나든다. 관능과 지성과 음악성이 하나로 결합된 사랑과 꿈이 전체 시의 테마이다.

42) 꿈의 영속화, 꿈을 현실로 믿으려 욕망을 통해 목신은 시인의 꿈(정욕과 이성과 이상의 결합 상태)을 대변한다.

43) 꿈에서 깨어나자 현실의 숲과 시인이 꿈속에서 경험한 일들에 대한 의혹이

언어(시)에 의해 겹쳐진다. 꿈과 현실이 만나는 접점의 묘사다. 문득 님프들을 겁탈한 것은 한날 꿈에 불과했다는 사실을 깨닫는 목신.

44) 통일된 여인 '에로디아드'는 차가운 쪽 여자와 정열적인 여자, 즉 두 님프로 분열한다. 순수-정열, 물-열풍, 차가움-뜨거움, 푸른 눈-털가슴, 수줍음-관능 등이 서로 대조되고 있다.

45) 음악의 인공성은 시인의 언어적 창조와 대비된다. 목신이 피리 속으로 불어넣는 숨결("유일한 바람")은 장차 두 가지 소리("두 대롱") 갈라져 수많은 빗소리처럼(물기는 없고 소리뿐인) 퍼져 나가겠지만 그 소리들은 다시 하나가 되어("주름살 하나 지지 않는 지평선") 고즈넉이 하늘로 되돌아가는 하늘의 숨결("영감")이 된다. 이리하여 숨결-언어-음악-시는 동일한 연장 선상에 놓인다.

46) 꿈과 현실 사이에서 의혹에 싸여 오락가락하는 목신은 자기 주변의 사물들(시칠리아의 늪)을 증인 삼아 꿈을 현실로 믿고 싶어 한다.

47) 목신이 갈대를 꺾어 피리로 만들어 분다. 포도 넝쿨, 샘물, 초원, 청록색 황금빛 등은 목신과 님프들을 에워싸는 풍경으로 목신이 이제 막 경험한 현실/꿈의 장면을 환기시킨다. "휴식하는 동물의 흰 빛"은 물 위에 백조들의 형상으로 떠 있는 님프들. 백조-여자-관능-물-목욕-수정(물의 요정) 등의 연상대(聯想帶)에 주목할 것.

48) "라(La) 음을 찾는 자"는 다름 아닌 악신(樂神)인 목신. '라' 음은 앞 행의 동사 '사라졌다(détala)'와 운의 일치를 위한 음.

49) 백합은 장미와 함께 말라르메 시에 가장 빈번히 나오는 상극적 원형의 꽃. 장미가 피, 정열, 혼란, 무형의 생명감을 환기한다면, 백합은 상승형 개화, 곧음, 분명한 형태, 정신적 고양 등에 가깝다. 순수, 이상의 꽃인 백합은 백조의 하늘로 뻗는 긴 목과 비교되며 이 시에서는 광란하는 대낮의 열기 속에서, 청초하게, 또 고독하게 서 있는 고고한 자태가 돋보인다.

50) 꿈에서 깬 목신은 님프들과의 정사를 말해 주는 모든 자취와 증거를 찾아 꿈과 현실을 분간하려 한다.

51) "골풀 쌍피리"는 여자들의 모습이 두 형제 님프들로, 또 꿈과 현실로 분열한 것과 관련이 있다. 그러나 즉물적 세계에서 벗어난 음악(시 혹은 예술)만이 "한 줄기 낭랑하고 헛되고 단조로운 가락"으로 이 분열된 존재를 하나로 통일시킬 수 있다.

52) 그러나 손에 잡히지 않는 음악의 아름다움에 만족하지 못하는 목신은 현실 속 '꽃'을 만지는 듯한 물질적 접촉을 갈망하고, 나아가서는 '그림'의 시각, 여신의 '허리띠를 벗기는' 촉각적 애욕을 목말라 한다.

53) '추억(대문자)'의 본질을 가장 직접 전달 가능한 이미지로 구현한 것이 "빈 포도 껍질을 여름 하늘에 비쳐 들고 투명한 껍질에 숨을 불어넣"는 재창조, 혹은 재현의 기도이다. 스스로의 경험을 관리하고 변모시켜 다시 경험하는 시. '포도'는 뒤의 "취하고 싶어"가 암시하듯이 미적 도취감과 관련된다.

54) "구멍을 내고", "찔러대고", "광란하듯 절규한다", "멱 감은 머리털", '떨림' 등이 환기하는 관능적 감각에 주목할것. 잠든 두 님프를 납치하던 과거 사실의 진술.

55) "둘이 됨의 이 고뇌"는 분열된 육신의 고통을 말한다. 사랑이 지향하는 갈망이 동일화(하나 됨)라면 사랑의 결과는 이 개체적 존재의 확인이라는 점에서 서로 모순된다. 여기서 우리는 왜 뒤에 나오는 "신들이 그토록 잘 맺어 준 포옹의 뒤엉킨 숲을 갈라놓"은 것이 나의 죄가 되는지를 알 수 있다.

56) 관능이 극치에 달하는 독신적(瀆神的) 육애(肉愛)의 순간. "처녀들의 분노"는 아직 사랑을 경험해 보지 못한 님프의 조항, "성스러운 벌거벗은 짐의 사나운 희열"은 목신의 팔에 안긴 님프 쪽의 애욕으로 서로 대조를 보인다.

57) 순식간에 사라지는 사랑, 소유하지 못한 채 잃어버리게 마련인 사랑, 영속하지 못하는 꿈에 대한 탄식과 아쉬움. 다시 한 번, 사랑을 구성하는 상극적인 두 세계(두 여자에 의하여 대표되는)에 대한 분석: 님프들을 납치한 목신의 애욕에 대한 여자의 두 가지 서로 다른 태도, 즉 충격과 공포, 다른 한편 불타는 정열, "미친 눈물"과 "한숨" 등의 대조, 뒤의 진술에 나오듯이 한 여자는 "온몸에 불을 켜는" 정열을, 다른 여자는 '깃털의 순진함'을 암시한다. 이 상극성이 지탱하는 긴장감 속에 목신이 찬미하는 시적 성감대가 구성되어 있다. 이 두 여자들이 '포로(먹잇감, cette proie)'로 변하는 순간 종말을 고하는("어렴풋한 죽음으로 풀리는 내 팔에서") 사랑.

58) 그러나 새로운 사랑에 대한 희망이 끓어오른다. 목신의 '뿔'과 님프의 '머리채'가 한데 결합한다. '석류알'과 '벌떼'로 환기되는 계절의 순환, 끓어오르는 '피', '축제' 등으로 묘사된 사랑의 분위기가 에트나 화산에 와서 구체적인 성 이미지로 외면화되고, '불꽃', '용암', '벼락' 등의 역동성을 유도하는 여신 비너스의 출현으로 구체화한다. 그러나 오후의 빛이 기울며 숲이 잿빛으로 물드는 시간이 됨을 주목할 필요가 있다. 이는 꿈과 욕망의 내화와 성숙을 의미하나 동시에 여신 비너스를 보듬어 안는 꿈 뒤에 반드시 오고야 말 징벌(죽음, 밤, 잠)을 준비한다.

59) 님프들에 대한 욕망이 여신을 포옹하는 데까지 발전하자, 그 뒤의 징벌, 즉 인간의 무력, 꿈에 비하여 너무나 한계가 분명하고 초라한 현실의 지각이

확실해진다. 시인의 정신이 창조한 언어가 공허한 것이 되고 육체는 지쳐 무거워진다. 여기서 찾아오는 '잠'은 시의 서두에서 깨는 '잠'으로 이어진다. 결국 목신이 꾼 기나긴 꿈의 시간은 한순간에 불과한 것인지도 모른다. 시의 처음과 끝은 잠, 그 사이에 님프들과의 사랑의 꿈이 가로놓여 있었다. 결국 진정한 침묵은 기나긴 독백, 꿈과 욕망이 가득 찬 '언어'를 통과해야만 얻어지는 것인지도 모른다. 유동적인 포도주의 도취가 '별'(여기서는 태양)이라는 빛으로 우주적인 결정체를 이룬다. 시에 이르는 시간, 통일된 세계가 창조되는 시간은 또한 잠과 휴식, 혹은 물질세계가 죽음을 맞는 시각이기도 하다. "한 쌍"의 님프가 사라지면 꿈도 사라지고 '그림자'만 남는다. 말라르메에게 있어서 시적 창조란 언어를 통하여 '그림자' 즉 '부재', '침묵'을 낳는 행위가 아닐까?

60) 말라르메는 친구 에마뉘엘 데 제사르의 소개로 아비뇽의 색유리 제조공인 브뤼네 부부를 알게 되어 친해진다. 이 시는 1865년 12월 초에 시인의 딸 주느비에브의 대모이기도 한 세실 브뤼네 부인을 위하여 쓴 아주 '멜로딕한' 단시로, 원래는 부인에게 세례명을 준 세실리아 성녀(Sainte Cécile)의 축일인 11월 22일에 써 주기로 한 것인데 며칠 늦어서야 완성하게 되었다. 본래의 제목은 '게루빔 천사의 날개로 연주하는 세실리아 성녀(Sainte Cécile jouant sur l'aile d'un Chérubin)'였으나 의미를 제한하는 수식어와 고유명사를 없애고 형용사(sainte = 성녀의)만 남긴 것은 매우 말라르메답다. 시를 쓴 다음 오랫동안 발표하지 않고 있다가 1884년 베를렌이 편집한 『저주받은 시인들(Les Poètes Maudits)』에 처음 발표했고, 나중에 『시집(Poésies)』(1887)에 수록했다. 1996년 모리스 라벨이 음악으로 작곡했다.

이 시는 음악의 수호자인 세실리아 성녀를 그려 넣은 옛날 색 유리창을 주제로 삼고 있는데, 순수하게 묘사적인 내용이 파르나스 시파의 특징을 두드러지게 보여 준다. "이 작품의 아름다움은 문체, 구문, 반복, 대칭적 구성에 있다. 무엇보다도 사용된 어휘, 그 어휘가 놓인 위치, 어휘들 사이의 상관관계와 소리, 각 시행의 문장 구성에 의하여 어떤 신비스런 청각 효과를 확보하려는 노력이 돋보이는 시다." 에밀 눌레는 이 시의 특징을 이렇게 지적했다. 과연 4행시 4연으로 구성된 이 대칭적 시는 2연의 "성녀가 있어"라는 주절과 이를 꾸며 주는 두 개의 장소부사절("창문에", "창유리에") 단 하나의 문장으로 구성되어 있다.

이 짧은 시는 비슷한 시기에 쓴 산문시 「유추의 악마」와 긴밀한 관계가 있는 것 같다. 시인은 문득 공상에서 깨어나서 "그 무엇인가의 위로 더듬어 내려오는 애무의 몸짓을 하면서 내 손이 어떤 상점의 유리창에 비치는 것을 보고…… 벽에는 옛날 악기들을 걸어 놓고 땅바닥에는 노랗게 마른 종려나무 가지들과 어둠 속에 묻힌 옛날 새들의 날개를 늘어놓은 어떤 상점 앞에 내가 서 있는 것을 본다."

61) 전체 네 개 연 중에서 처음 두 개 연의 4행시는 구문 형태에 있어서 서로 정확하게 대칭을 이루고 있다. 세실리아 성녀를 나타내 보이는 색유리창에서 백단목으로 만든 한 악기(비올라)와 성모 찬가편이 펼쳐진 낡은 성무 일과서는 오랜 세월이 흐르는 동안("옛적에") 퇴색한 나머지 내용이 거의 보이지 않는다.

62) 3연: 창문의 색유리로 비쳐 드는 저녁 햇살("저녁 비상으로 하프를 퉁기는")은 성체현시대의 성스러운 후광처럼 사방으로 금빛을 방사하는 모습이 마치 어떤 천사가 날개를 펼친 것 같다. 그와 동시에 이 '저녁 햇빛/천사의 날개'는 성녀가 손끝으로 퉁기는 하프의 현으로 변한다.

63) 마지막 연: 이렇게 아무것도 없는 것, 즉 무(無)로부터 상상의 악기가 솟아나는 순간, 드디어 성녀는 옛날의 비올라도, 성무 일과서도 없이 천상을 떠다니며 '침묵의 음악'을 연주한다. 시인도 이처럼 현실 세계 저 너머의 무로부터 그 속에 감추어져 있는 이상의 세계를 시와 노래로 불러내고 싶어 한다. 번역시의 마지막 연에 등장하는 '손가락'은 원문에서 3연의 "섬세한 손가락뼈를 위하여"를 수식하는 소유격으로 '손가락의 섬세한 손가락 뼈를 위하여'라는 구문의 일부였으나 2연의 "성녀가 있어"와 4연의 "침묵의 악사가 되어"를 같은 압운으로 대비시키는 번역문으로 바꾸어 보았다.

64) 1872년 10월 23일에 죽은 시인 테오필 고티에를 추모하기 위하여 글라티니가 발의하여 추도 시집(Tombeau)을 발간하게 되자 빅토르 위고를 위시하여 전체 여든 세 명에 달하는 대다수의 고답파 시인들이 여기에 참여하였고 말라르메 또한 이 시를 보냈다. 고티에는 그가 젊었을 적에 존경하던 시인이었다. 추모 시집은 1874년 10월 르미르(Lemeere) 사에서 출판되었다.

말라르메는 1865년에 「목신의 오후」, 1867년에 「에로디아드 서곡」 이후 7년간의 침묵 끝에 참으로 오랜만에 이 시를 발표했다. 이는 그의 시에 깊은 단절이 나타나고 있음을 의미한다. 그 침묵의 7년 사이에는 '투르농의 밤'이라고 하는 정신적 위기의 경험이 가로놓여 있다. 그는 이 경험을 통해 어린 시절부터 지녀 온 신앙을 잃는다. '모든 것이 결국은 무로 돌아간다.'는 인식, 즉 범우주적 소멸의 순환 작용이 그를 괴롭힌다. 이 소멸을 보상해 주는 것이 단 하나 있다면 그것은 인간의 기억이다. 물론 그 역시 인간이 살아서 기억을 지니고 있는 동안에만 유효하다. 무에 대항하는 유일한 길은 '예술이라는 극도로 순수한 영광'뿐이라는 신념은 여기서 태어난다. 과연 이때부터 그의 시는 극도로 난해해져서 참을성 있는 판독과 복잡한 해석을 요구하게 된다.

이 시는 바로 이와 같은 미학적 발전을 요약하고 있다. 단순한 추모시를 훨씬 넘어서서 이 시는 시인의 사명에 대한 철학적 명상에 이른다. 또한 말라르메의 '시의 의미에 대한 가장 중요한 진술' 중 하나로 간주되는 시로서 은유와 수사학을 통해서 가장 정교하게 발전되어 완성도가 높은 작품이다. 'Toast Funèbre'는 두 가지의 상반된 테마가 서로 만나 이루어졌다. 하나는 근원적 테마이고 다른 하나는 시를 쓰게 된 계기가 된 외적 상황, 즉 시인의 죽음과 추모의 정과 관련된 것이다. 한 시인의 삶과 생명을 무에 앗기는 고통이 그 하나의 주제라면 다른 하나는 그 무로부터 불멸, 즉 예술 작품의 불멸을 앗아 오겠다는 긍지에 찬 의욕이다. 이 시는 전체 4부로 구성되어 있고 각 부와 부 사이가 공간적으로 분리되어 있다.

Toast Funèbre : '장송의 건배'라는 뜻이나 여기서는 "죽은 시인을 위한 건배"라고 번역했다. '건배'와 '장송'이라는 정면으로 반대되는 두 가지 이미지가 결합되어 시 전체의 두 가지 주제를 예고한다.

65) 1부 "우리들 행복의" : 우리 시인들 모두의 일생, 삶. "그대" : 테오필 고티에. "숙명적" : 숙명을 말해 주고 있는, 즉 반드시 죽을 수밖에 없는 운명을 타고난. 시 전체의 주제를 도입하는 첫 행.

2부 존재와 부재. 죽음과 시에 대한 명상. 죽음에 의하여 삶의 불꽃이 꺼지고 나면 아무것도 남는 것이 없다. 절대는 다른 곳에 있다.

66) "광기의 인사" : 말라르메가 생각할 때 종교적인 의미에서 불멸이란 존재하지 않는다. 그러므로 술잔을 들어 인사하는 이 행위는 허공을 향한 미친 짓에 불과하다. "빛을 잃은 헌주" : 허공을 향한 헌주이므로 빛을 잃은, 무의미한 것. 실제로 술잔은 '비어' 있다.

67) "통로" : 삶과 죽음, 살아 있는 사람들과 죽은 자 사이의 통로. "요술 같은" : 터무니없는. 기적이 일어날 것을 바라는. "금빛 괴물이 뒤채는" : 금빛의 괴물이 고통스러워하며 꿈틀거리는 모습을 새긴 술잔. 혹은 술잔 바닥에 빛이 반사되어 금빛 괴물이 꿈틀대는 것같이 보인다.

68) "그대의 현신" : 헌주와 인사로 그대 고티에가 살아 돌아온다 해도.

69) "그대를 반암 깊은 곳에 묻었으니" : 그대의 장례식에 참석 했으므로.

70) "의식은… 비벼 끄는 것" : 영혼 불멸에 대한 확고한 부인.

71) "이 아름다운 기념비" : 추도 시집.

72) "그이를 송두리째 담고 있음을" : 고티에는 그의 무덤 속에 있는 것이 아니라 이 추도 시집, 즉 그를 기억하여 칭송하는 사람들의 작품 속에 송두리째 들어 있다. 물론 마지막 인간의 기억이 끝나면 고티에의 불멸도 끝나겠지만.

73) "누구에게나 오는 비루한 재의 시간" : '천직의 뜨거운 영광'(언어를 갈고 닦아 작품을 만드는 예술가의 영광)이 다 타고 나면 재만 남을 것이다. 고티에의 영향을 받아 그를 기억하고 칭송하던 후세의 마지막 시인마저 죽고 나면.

74) "저녁 빛" : 시인의 죽음, 그리고 그의 작품의 반사와 영향의 시작.

1부의 요약: 테오필 고티에는 그의 무덤 속에 있는 것이 아니라 그를 칭송하는 시인들이 세운 기념비(추도 시집) 속에 있다. 그곳으로부터, 시인은 그의 작품을 읽을 마지막 시인이 죽는 날까지 매일같이 다시 찾아와 살 것이다.

3부 시인은 영웅으로서, 절대의 탐구자로서 칭송된다.

75) "장엄하고, 총체적이고, 고독한" : 이 세 개의 형용사는 '죽음'을 수식한다. 죽음은 장송의 의식처럼 장엄하고, 내세의 삶을 믿지 않는 고티에나 말라르메에게는 아무것도 뒤에 남기지 않는 총체적인 것이고, 저마다 자기만의 죽음을 맞이하는 것이기에 고독하다. 진정한 긍지란 마땅히 이런 죽음이어야 할 터인데 불멸이란 없다는 것을 확신하지 못하고 헛된 기대를 거는 사람들(두려움을 못 이겨 "얼이 빠진 군중")은 "거짓" 긍지를 갖게 되고 따라서 그 거짓의 두려움에 사로잡힌다. 진정한 죽음은 장엄하고 총체적이고 고독한 것이다.

76) "우리는 장래 우리 망령들의 슬픈 어둠이로다." : 죽음을 두려워하는 군중들(장례식에 참석한 사람들)의 외침 - 우리는 장차 언젠가 밝게 빛나는 겉모습을 갖추게 될 것이나 지금은 그것의 어두운 나머지 반쪽이다.

77) "장례의 문장들" : 무덤의 벽을 꾸민 헛된 장식들, 속에 든 것이 무(無)이기에 '헛된' 것이다.

78) "눈물의 냉정한 공포를 무시했을 때" : 고티에가 죽었을 때 나는 울지 않았다. 혹은 "얼이 빠진 군중"의 눈물은 눈물 본래의 맑게 씻어내는 순화 능력(lucide)을 가지고 있다고 나는 생각하지 않는다는 뜻. 죽음에 대한 감상적 공포를 배제한다는 의미.

79) "거만하고" : 죽은 시신이므로 뻣뻣하고 움직임이 없다. 뒤의 "눈멀고", "벙어리인", '귀를 닫은=듣지 못하는'과 동일 선상의 의미. "행인들" : 이제는 감각이 무뎌진(눈멀고 말 없고 귀를 닫은) 사람들. 그중 한 사람이 고티에이고 나아가서 모든 진정한 시인들이다.

80) "순결한 영웅" : 시인은 죽음에 의하여 인간이기를 그치고 '영웅'으로 변한다. 행동과 투쟁이 기다리는 새로운 상태 속의 순결하고 (순결하다 함은 말라르메적 의미에서 "새로이 태어나는", "백지 상태의"라는 뜻) 상처 입지 않는 영웅. '순결한', '기다림', '사후의' : 이 연속적인 세 개의 형용사는 아직 이루어지지 않은 어떤 '비어 있는' 가능적 상태를 의미한다. 이 잠재적 비어 있음의 상태를 구체적 현실로 가득 채워놓아야 하는 것이 예술 작품, 즉 시이다.

81) "성마른 바람이 안개의 더미 속에 실어 온" : 시로 쓰지 못한 것이 만든 무의 세계. 여기서 "바람", "안개", "하지 않은 말", "광대한 심연", "무", 이런 모든 것은 형태를 갖추지 않은 것들이다. 아직 쓰이지 않은 작품. 명명되지 않은 말.

82) "인간": 원문에서 대문자로 표기된 부분 – 인간 중의 인간인 시인. "옛날에 폐기된" : 인간의 모습을 벗어 버리고 형태 없는 세계에 참가하게 된 존재.

83) "지평선들의 기억" : "오 그대"의 동격=인간. 말라르메의 사상은 근원적으로 '지평선들의 기억'으로 이루어진 '지상적'인 것이다. "대지란 무엇인가?" : 무가 인간에게 던지는 세계의 실재성에 대한 질문.

84) 공간은 외침을 장난감으로 삼는다: 변질된 목소리가 되어 돌아오는, "나는 모른다."라는 대답은 마치 공간('대지'를 그 속에 포함하는 것이 공간이다.)이 장난감인 양 던져 보내는 메아리인가?

3부 : '사라짐'과 '무', '공허'와 '침묵'의 경험이 지배하는 세계다. 말라르메는 공허한 고티에의 무덤 앞에 서 있는 것이 아니라 바람이 휩쓸고 지나가는 대지를 앞에 두고 질문을 던진다. 그러나 허공 속에서 돌아오는 대답은 '모른다'이다. 이것이 예술의 아이러니이다. 그것은 비현실이요, 불확실이요, 유희인 것이다.

4부 : 3부의 공허하고 빨리 지나가고 사라지는 리듬에 비하여 4부는 보다 견고한 시적 신념의 형태로 표현된 시학이다. 시인의 사명과 명명하는 시인의 놀라운 위력이 강조된다. 보다 견고한 시적 신념의 형태로 표현된 시학이다. 시인의 사명과 명명하는 시인의 놀라운 위력이 강조된다.

85) "스승" : 테오필 고티에. 이 위대한 시인은 꽃이 만발한 정원을 거닌다.

86) "에덴" : 시적 존재로 도달한 꽃핀 정원, 창조된 세계. "조마조마한" : 참다운 존재로 실현되기 직전 초조하게 설레며 떨고 있는 꽃들의 상태. 시인의 '깊은' 시선이 닿는 순간 불안은 진정된다. 또한 그 불안이 진정되는 순간 꽃들은 시인에게 "이름의 신비"(명명하는 힘)를 경험하게 해 준다.

87) "장미와 백합" : 원문에서 대문자로 표기된 것은 이 꽃들이 시적 존재의 높이에 도달했음을 의미한다. 말라르메에게 있어서 장미와 백합은 꽃의 선명.

「목신의 오후」, 「꽃」 같은 시에서도 이 두 가지 꽃은 쌍을 이루며 등장한다.

88) "운명" : 앞의 네 개 시행이 표현한 바, 즉 세계를 언어에 의하여 명명하는 운명.

89) "어두운 믿음" : 모든 것이 소멸하고 아무것도 존재하지 않는다고 했던 3부에서의 단언.

90) "영원한 천재는 찬란하여 그림자가 없느니." : 2부 "우리는 장래 우리 망령들의 슬픈 어둠이로다."에 대립하는 긍정적 선언. 무의 부정. 천재는 사라지지 않고 영원히 빛을 발한다.

91) "이 별의 정원들" : 고티에의 에덴동산. 즉 고티에의 작품들. "별(astre)"은 앞의 "찬란하여"와 "그림자가 없느니"의 의미를 반사한다.

92) 말라르메에게 있어서 '재난'은 흔히 사라짐, 죽음의 의미로 쓰인다. 여기서 "태연한 재난"은 테오필 고티에의 죽음을 의미한다.

93) "태연한 재난의 영광을 위하여" : 사라진 고티에의 영예를 빛나게 하기 위하여.

"도취한 자주색", "선연한 큰 꽃잎" : 장미와 백합을 묘사하는 표현들로 꽃 자체를 대신했다. 그 뒤의 "말들의 숨결"과 '말'의 동격으로 쓰였다.

94) "엄숙한 동요" : '살아남다'의 주어로 고티에의 전 작품을 가리킨다. 그러니까 고티에의 시작품이 영원한 생명을 가지고 살아남기를 바란다는 뜻이다.

95) '빗방울', '금강석' : '시선'의 동격 - 꽃이 반드시 필요로 하는 습기와 빛. 꽃에게 시인의 눈길은 곧 생명의 비요 금강석이다. 혹은 '맑게 씻어주는 순화 능력'을 지닌 투명한 '눈물'과 관련된 것일지도 모른다. 앞에 나온 "눈물의 냉정한 공포를 무시했을 때"와 대비해 볼 것.

96) "어느 하나 시들지 않는 그 꽃들." : 시인의 명명 행위('투명한 시선')에 의하여 존재하게 된 언어의 꽃들.

97) "골라내는구나" : 이 덧없는 세상의 평범한 것들의 혼돈으로부터 시인의 시선과 언어가 시들지 않는 '장미'와 '백합'을 '분리시켜' 참으로 존재하게 만든다는 의미.

98) "진정한 작은 숲" : '에덴', '정원' 등과 동일 선상에 놓이는 이미지. 언어/꽃이 피어나는 허구의 세계가 아니라 시가 창조한 진정한 현실.

99) "그의 직분의 적인 꿈" : 시인의 직분이 글쓰기라면 '꿈'은 공상이나 허황된 보상에 몰입하는 사람들의 태도다.

100) "당당한 휴식의 아침" : 고티에가 죽고 난 뒤의 아침.

101) "신성한 두 눈" : 명명함으로써 창조하는 위력을 가진 시인의 눈.

102) "오솔길" : 2부 처음의 '통로'와 같은 의미. 삶의 세계와 죽음의 세계 사이의

오솔길 혹은 통로. "종속적 장식" : 견고한 무덤, 즉 묘비. 3부 "헛된 담벼락에 장례의 문장(紋章)들 흩어져 있어도"와 관련.

103) "인색한 침묵과 우람한 어둠" : 앞에서 본 바와 같이 "신성한 두 눈을 뜨지 못하"면 '우람한 어둠'이 생기고 입을 다물면 '인색한 침묵'이 생긴다. 시인의 헛된 꿈에 사로잡히지 않고 자기의 맡은 바 사명을 다하면 어둠과 침묵만이 견고한 무덤 속에 담기고, 창조적인 작품의 삶이 시작될 수 있을 것이다.

104) "견고한 무덤" : 2부의 "반암 깊은 곳"과 관련된 표현. 대리석의 무덤.

105) 1885년《라 르뷔 앵데팡당(La Revue Indépendants)》1월호에 처음 발표한 시. 1887년 사진석판으로 찍은 특별 에디션에 시인 자신이 육필로 써서 게재했고, 1893년에 발간한『운문과 산문(Vers et Prose)』에 다시 실렸다. 청탁을 받아 쓴 몇 편의 예시(禮詩)들밖에는 쓰지 못한 채 보낸 장장 15여 년의 오랜 침묵 끝에 완성한 이 시는 특히 말라르메의 시학 및 상징적 세계관을 드러낸다는 점에서 앞서 발표한「죽은 시인을 위한 건배」와 비교된다. 앞의 '건배'가 '무의 감정과 그에 대한 해독제인 창조의 힘 사이의 관계'에서 영감을 얻고 있다면, 이 '산문'은 '마치 죽음의 강박이 사라지기라도 했다는 듯 오로지 예술이라는 기적적인 모험'에 온통 매달리고 있다는 점에서 매우 대조적이라고 할 수 있다. 이 시는 말라르메가 '시로 표현한 시학', 혹은 '문학 이론들을 이야기의 형태로 서술한' 시라고 할 수 있다. 데제생트는 위스망스(Huysmans)가 쓴 소설『거꾸로(À Rebours)』에 등장하는 극단적 미적취향을 갖춘 주인공이다. 이 소설에서 "모든 문학 형식 중에서 산문시는 데제생트가 가장 좋아하는 형식이었다."라고 말하는 작가 위스망스는 말라르메에게 그의 소설을 위하여 '운문이나 산문으로 된 시편들'을 써 달라고 요청한 바 있는데, 뜻밖에도 시인은 여덟 음절 운문으로 된「산문(prose)」을 발표하였으니 이 역시 '거꾸로' 화답하는 특유의 시적 방식이었는지도 모른다.

말라르메는 이 시를 발표하기까지 오랜 세월 동안 이 현실 세계 저 너머 무(無) 속에 감추어진 이데아의 세계로 파고들어 가서 그 완전한 아름다움을 시로 영원히 고정시켜놓아야 하는 것이 바로 시인의 의무라는 생각에 강박적으로 사로잡혀 있었다. 이 의무를 실현하는 일이 얼마나 어려운 것인가를 말해 주는 것이 바로 15여 년에 걸친 그의 침묵이다. 이제 그 오랜 침묵과 기억의 표피를 깨고 이상의 아름다움이 엄청난 '과장법'처럼 그 모습을 드러내며 '일어서는' 장면이 이 시와 함께 전개된다고 할 수 있다. 이 시를 구성하는 전체 열네 개 연 중 처음 두 개의 연은 일종의 서론 구실을 하며 그 다음의 열 개 연은 시인이 '누이'와 함께 어떤 섬을 찾아가 초자연적 세계와 만나는 과정을 서술하고 마지막 두 개 연은 서론에서 제기된 질문에 대한 답으로 이 여행의 결론부를 이룬다.

106) 이 시의 이해를 위하여 가장 중요한 단어는 바로 시의 첫머리에 놓인 '과장(hyperbole)'이라는 말이다. 여기서 '과장'이 상대를 부르는 호격으로 표현되고 있다는 사실에 주목할 필요가 있다. 즉 시 전체가 "과장이여!"라는 부름 아래 놓이면서 시인 즉 '나'는 '과장'으로서의 시가 그 존재를 완연히 드러낼 것을, 즉 '위풍당당한 모습으로 일어설' 것을 의문의 형태로 기원하고 있다. '과장'이란 곧 수평적이고 자연적인 것에서 수직적이고 초자연적인 것으로 존재의 전환, 즉 수직적 도약이 일어나는 순간을 의미한다고 볼 수 있다. 이때 이 말은 곧 장차 이 시 전체에서 일어나게 될 엄청난 변화를 한마디로 요약하여 예고하면서 '시' 그 자체와 등식 관계를 보여 준다고 할 수 있다.

107) '기억'은 시인이 오랫동안 침묵하며 지내온 지금까지의 세월, 혹은 불모의 시간과 관련이 있다. 시는 기억, 즉 과거의 무(無)로부터 이상의 미래를 향한 도약이요 위풍당당한 승리다.

108) "위풍당당 일어서지 못하는가"는 '위풍당당하게 일어서'기를 바라는 기원, 혹은 명령의 의미로 해석된다. 지금은 아직 생각이 이상의 미래로 도약하지 못한 채 마치 무쇠 갑옷 속에 갇힌 듯 무겁게 가라앉아 있어서 그 뜻을 이해할 수 없는 무슨 주술서(grimoire) 같은 모습이지만.

109) '면학(science)'은 '나의 인내(ma patience)'와 같은 압운으로 처리되어 있다는 점에 유의할 필요가 있다. 여기서는 순간적인 영감과는 반대되는 이성적인 탐구, 즉 오랜 인내를 요하는 시인의 고된 작업을 의미한다. 따라서 "면학에 의하여"란 인내심을 가지고 꾸준히 연구하라는 의미가 된다. 시인은 여행의 내용을 '지도'에 기록하듯, 자라는 꽃나무들을 '식물 표본집'에 채집하듯, 종교적 영혼의 실천지침을 '전례서'에 예시하듯 인고의 작업을 거쳐 "영적인 마음의 찬가"를 구체적으로 표현하므로 이 연은 첫 번째 연의, '과장에 의한 도약'이 가능하게 되는 이유를 제시한다.

110) 도입부인 1, 2연에서는 화자가 1인칭 단수 '나' 인데 비하여 본론인 3-12연에서는 복수인 '우리'로 변한다. 즉 초자연적 세계로의 여행에 나를 동반하는 '누이'가 등장하는 것이다. 눌레는 이 '누이'가 다름 아닌 '인내'라고 해석한다. 앞의 '면학(science)'과 일치하는 압운의 위치에 놓인 '인내(patience)'는 아마도 천재의 고삐 풀린 영감을 도와서 유도하고 통제 관리하는 또 다른 시학적 자아일 것 같다. 부드럽게 미소 짓는 이 '누이'는 그 특유의 방식으로 시인이 과도하게 앞서가는 것을 통제하면서 치밀한

'학문', 즉 냉정한 능력을 발휘할 수 있도록 도울 것이다.

111) 얼굴을 돌린다는 것은 곧 시선을 이리저리 보내며 살펴본다는 것을 의미한다.

112) "흐려진다"는 것은 여론이 판단력을 상실한다는 의미.

113) "정오"는 아이리스가 만발한 이상의 섬인 특수지구(site)에서 영적인 능력이 절정에 이르는 시간.

114) 만발한 아이리스들은 그 특수지구가 존재한다는 것을 잘 알고 있음에도 불구하고

115) 위풍당당한 시의 목소리가 가리키는

116) 눈이 흐려진 '여론'은 꽃이 만발한 장소의 존재를 부정하는데 시인은 다시 한 번 그 존재를 분명하게 확인한다.

117) 여기서 시선(vue)은 단수로, 환영들(visions)은 복수로 차별화되어 있다. 여기에 나타난 시적 현실은 단순히 상상으로 만들어 낸 허깨비들의 세상, 즉 환영들이 아니라 시인 자신이 감각적 직관으로 인지한 초자연적이고 자명한 모습이라는 사실을 알 수 있다. 즉 시인과 그의 동반자(누이)가 직접 눈으로 본 것임을 분명히 한다.

118) "더욱 넓게 펼쳐지고 있었다."는 표현은 다음 행의 부사 '거대하게'와 함께 시의 첫 단어 '과장'과 동일 선상에 놓이는 시적 확장의 이미지이다.

119) 이 신기한 꽃들은 저마다 빛의 아우라를 가지고 있어서 이 지상의 정원들과는 확실하게 분간된다. '윤곽'과 '간극'은 동격으로 꽃과 정원을 분간하게 하는 경계선.

120) 이상의 세계를 드러내는 시인의 의무.

121) '관념들(Idées)'은 대문자로 강조되어 플라톤적 이데아를 환기시키는 동시에 보다 구체적인 '아이리스들(iridées)'과 운을 맞춘 동격이 되어 보다 생생하면서도 영원불변의 아름다움으로 승격한다. 이것은 바로 '오랜 욕망', 즉 오랫동안의 탐구를 통하여 거두어들인 결실("영광")이기에 가능한 일이다.

122) 말라르메는 관념들의 출현에 열광하며 황홀경에 들지만 "분별 있고 다정한" 동반자인 누이는 고삐 풀린 시선을 너무 멀리 던지는 대신 미소를 지을 뿐이다. 시인 역시 그 인내와 분별을 눈치 챈 듯 오래전부터 계속해 온 탐구에 매진한다.
지금까지는 지나간 사실들을 진술하는 과거시제였지만 이제부터는 '선념한다'의 현재형이다.

123) 여기서부터 세 개의 연(10-12연)이 단 하나의 문장으로 구성되어 있다.

'명심하라'라는 명령법의 목적어는 "백합들의 줄기가 ……너무 크게 자라고 있었음을"과 "그 나라가 존재하지 않는 것은 아님을"의 두 문장이다. "그리고 내 발걸음마다 끝없이 확인되는"에서부터 다음 연의 "기슭이 눈물 흘리듯"까지는 삽입절이므로 번역문에 있어서는 불가피하게 연의 위치가 원문과 다르게 배치되었다. "논쟁의 정신"은 실증적인 것에 경도된 채 일상적 삶만을 고집하는 사람들로 초자연적 현실을 실감하는 시인과 대척점에 위치한다.

124) 우리가 창조의 발걸음을 잠시 멈추는("침묵하는") 까닭은 이 작업이 너무나도 엄청난 것이어서 우리의 이성으로서는 감당할 수 없는 차원의 것이기 때문이다.

125) 나와 나의 누이가 이 놀라운 섬에 발을 들여놓으면서, 발걸음 마다 그 고장의 하늘과 땅의 신기한 모습을 바라보며 생전 처음 발견하는("젊은") 대상에서 느끼는 경탄을 금치 못하고 있을 때

126) 여기서 말하는 "기슭"은 초자연적인 이데아의 섬으로 떠나는 시인과 달리, 물결이 피안의 섬과 육지의 자신을 갈라놓을 때 이쪽 일상 속에 발이 묶인 채 남아서 엄청난 모습으로 시의 진면목이 눈앞에 나타나 주기만 바라는 실증주의자들을 의미한다.

127) '아이'는 뒤에 등장하는 '그녀'와 동일 인물일 수는 없다. 왜냐하면 이 시에서 그녀, 즉 누이는 시인보다 더 나이가 많고 냉정하며 다정한 인물이기 때문이다. 따라서 여기서의 '아이'는 보다 나이가 어린, 그러나 점차 인내심과 경험("길")을 통해 시적 실현의 지식과 능력을 쌓은 시인 자신이라고 보는 것이 더 적절하다. 반면 "길들에 의해서 벌써 조예가 깊어진" 것은 '아이'인 동시에 '그녀'일 수 있다. 즉 지금까지 '누이'와 '아이'로 양분되었던 시인의 이원적 존재 방식이 이 결론부에 와서 하나로 통합되는 것이다.

128) 이 마지막 결론부는 시의 첫 도입부에서 제기되었던 문제, 즉 "내 기억으로부터 위풍당당 일어서지 못하는가."라는 질문에 대한 대답이다. 그것은 바로 "아나스타스!"라는 한 마디의 명령이다. 이 말은 그리스어로 그리스도의 부활을 의미한다. 정확하게 말해서 그 단어를 구성하는 접두어 ana 는 '위쪽으로'라는 의미이며, stasis는 일어섬, 도약의 의미이다. 따라서 이 말은 시의 첫머리에 등장하는 의문(hyperble)과 '일어서지 못하는가'라는 의문 혹은 기원에 대한 대답, 즉 '이제 깨어 일어나라!'라는 명령이요 숭고한 이데아의 나타남, 그리고 불멸의 탐구("영원한 양피지들을 위해 태어난 이 말")를 의미하는 것이다.

129) 시의 마지막은 죽음에 대한 경고로 마감된다. 풜케리(Pulchérie)는 '신앙의 수호자'라는 별명을 가진 동방의 여황제로 '아름다움'을 의미한다. 그런데 시인의 무덤에 새겨진 아름다움의 이름을 가리키는 글라디올러스는 어떤 꽃일까? 이 꽃은 앞서 등장한 백합이나 아이리스가 함축하는 초자연적 세계의 영원, 그리고 무한과는 전혀 다른 이 지상의 꽃이다. 이제 시인이 서둘러 깨어 일어나지 않으면 죽음이 닥쳐와 그 영원한 미의 이름을 가릴 위험이 있는 것이다.

130) 1884년 4월《비평(La Revue Critique)》에 '부채'라는 제목으로 처음 실었다가 1886년 10월호《데카당(Le Décadent)》에 발표. 말라르메는 부채에 관한 시를 많이 써서, 그런 시편들만 따로 발표된 적이 있지만(1920) 이 「다른 부채」는 「말라르메 부인의 부채」와 함께 가장 먼저 발표되었다. 후자가 발표 시기는 1890년으로 전자보다 늦지만 먼저 쓴 작품이다. 그래서 나중에 쓴 이 시에 '다른'이라는 수식어가 붙었다. 1913년 클로드 드뷔시가 「말라르메의 세 편의 시」 중 하나로 작곡. 오리지널 원고는 흰색 종이를 바른 부채에 시인이 붉은색 잉크를 사용하여 자필로 쓴 바 있다. 다섯 개 연의 4행시들을 열일곱 개의 자개 부채 살 전체에 분산 배치했다.
활짝 펼쳐지는 개방성, 능동성과 접으면 내면으로 꼭꼭 닫히는 부동성과 폐쇄성, 부채의 이 상반된 양면성 속에서 퉁겨져 나올 수 있는 역동적 상상력을 유감없이 발휘하고 있는 매력적인 작품이다. 이리하여 부채는 말라르메 특유의 상상력을 펼치고/접는 도구가 된다.

131) 꿈꾸는 여자: 부채의 주인인 주느비에브(시인의 딸. 당시 스물두 살).

132) 1연: '나'는 부채이고 '그대'는 부채를 쥐고 있는 아가씨이다. '빠져든다'라는 동사와 '잡는다(붙잡는다, 거머쥔다)'라는 동사의 대립적 관계에 주목. 빠져드는 행위는 내면적 공간의 깊이와 관련 있고 깊이는 높이, 넓이를 전제로 한다. 맹목적 충동과 펼침('날개')의 세계이다. 반면 (부채를) '손안에 잡고 있다'는 것은 구속과 거부와 닫힘의 세계다. 부채를 접어서 쥐고 있는 손의 외적 구속 혹은 거부가 강하면 강할수록 나의 내면적으로 '빠져드는' 깊이는 더욱 깊고 그만큼 해방의 충동은 더욱 강해진다. 이 역설적 함수 관계가 "미묘한 거짓"이다. 쥘부채는 부채 살이 한 곳으로 모여 손으로 쥘 수 있는 '집중'의 부분과 실제로 바람을 일으키기 위하여 펼쳐지는 부분의 '확대' 사이의 상관관계로 이루어져 있는 것이다. '미묘한 거짓'은 활짝 펼쳐지는 듯 싶으면 어느새 접혀지는 부채의 움직임을 묘사한다.

133) 2연 : 부채질을 하면 황혼 녘처럼 서늘해진다는 의미만이 아니라, 하늘(대기)이라는 광대한 공간이 부채질에 의하여 서늘한 조각으로

쪼개지는가 하면, 고정된 한 곳으로 모였던 것이 넓은 지평으로 확대된다는 이중의 운동을 암시하기도 한다. '온다'와 '물러난다'라는 두 가지 동사의 상반된 방향에 주목할 것.

134) 3연 : '어지러움'을 자아낼 정도로 거대한 공간. 그러나 주체도 객체도 실체도 없이 '거대'하기만 한 공간이다. 그 비어 있는 공간에 감지되는 것은 '떨림'뿐이다. 그 공간=입맞춤은 실제로 '있는' 것이 아니라 "태어나려고 몸부림치"는 미래형이다(수정되기 전 이 시행은 '존재하지 않아서 자랑스러운(Fier de n'être)'이었다). 더군다나 그 입맞춤은 '그 누구를 위해서도 아닌(pour personne)' 것이다. 여기서도 '분출하다(위쪽으로)'와 '진정하다(아래쪽으로)'라는 두 동사의 심리적, 공간적 방향의 대립에 주목할 것.

135) 4연 : "길들여지지 않은 낙원"은 접근하기 어려운 순수의 세계. "매몰된 웃음"은 부채의 접힘과 미소의 펼침을 환기한다. '주름', '자취를 감추다'는 앞 연의 '진정하다(가라앉다)'와 마찬가지로 접히는 부채의 모습. 반면 '웃음'은 활짝 펼쳐지는 부채. "길들여지지 않은 낙원"은 꿈꾸는 처녀가 공간의 거대한 입맞춤에 대하여 화답하는 입맞춤. "전면적인 주름"은 부채의 생김새.

136) '왕홀'은 왕권을 상징하는 부채의 일종으로 외부 세계("장밋빛 기슭") 위에 군림한다. 소멸("황금빛 저녁들") 직전의 감각 세계에 대한 일시적 군림에 불과하지만 하얀 부채('날개')를 마침내 접어서 내려놓으면, 그 황금의 둥근 태양은 땅으로 내려와서 새로운 의식의 불타는 중심("팔찌")이 된다. 실제로는 여인이 부채를 접어 자신의 빛나는 팔찌 옆에 놓은 것이다.

137) 1887년 1월에 말라르메는《라 르뷔 앵데팡당》에 한꺼번에 네 편의 14행시를, 그것도 다시 고치지 않아도 되는 결정된 형태로 발표했다. 그로서는 극히 드문 경우이다.「모든 긍지가 저녁 연기를 피운다(Tout orgueil fume-t-il du soir)」,「엉덩이와 도약에서 솟아오른다(Surgit de la croupe et du bond)」,「레이스가 지워진다(Une dentelle s'abolit)」, 그리고「내 헌책들이 파보스의 이름 위에(Mes bouquins referment sur le nom de Paphos)」가 그것들이다. 자세히 살펴보면 이 네 편의 14행시는 그들 서로 간에 영감의 원천에 있어서나 시작 기법에 있어서나 가시적인 관련이 있다. 영광이 없는 집, 꽃이 없는 꽃병, 침상이 없는 방, 접어놓은 책 등 '부재'의 테마를 바탕으로 한 네 가지의 변주라고 볼 수 있다.

「레이스가 지워진다」는 마치「에로디아드 서곡」및「창」의 한 대목,「시의 선사」의 한 이미지,「성녀」의 몇몇 어휘들을 한데 조합해 놓은 것 같아

보인다. 그 속의 상징은 이미 다른 데서 규정이 된 것이고 어휘 역시 다른 시에서 이미 보여 준 의미의 후광을 이 시 속에 끌어들이고 있다. 그리고 모든 연상은 '부재'라는 기본적인 생각과 관련을 맺고 있다.
이 14행시는 두 개의 단위로 나누어 읽을 수 있다. 처음 두 개 연의 4행시들은 침상이 없는 방, 그리고 하얀 커튼의 레이스가 안 보이게 될 정도로 희뿌옇게 방안으로 쏟아져 들어오는 새벽 햇빛의 거의 객관적인 묘사로 이루어져 있다. 후반부를 이루는 나중 두 개 연의 3행시는 주관적인 심상을 다룬 알레고리이다. 시인("황금빛 꿈을 꾸는 이")의 영혼("음악가가 된 속이 텅 빈 무(無)") 속에는 시에 대한 열정이 깃들어 있다. 그 노래하고자 하는 의향("만돌린이 슬프게 잠잔다.")은 대단한 것이어서 어떤 예술이("어떤 창문을 향하여") 태어날 것만 같다. 그 예술이 우러나오는 원천은 다름 아닌 바로 그 예술에 대한 열정("오직 저의 것일 뿐인 그 배[腹] 속") 그 자체이다. 원래 제목을 붙이지 않은 소네트이다.

138) "레이스" : 커튼을 장식하는 레이스. 텅 빈 방, 침상, 그 빈 방을 비추는 새벽빛은 바로 「에로디아드 서곡」의 풍경 그대로다.

139) "지고한 유희" : 원문에서 '유희'는 대문자로 표시되어 있다. 지고한 유희란 가장 근원적인 유희, 즉 빛과 생명을 생산하는 신(그래서 대문자를 사용한 듯)의 유희, 매일 다시 태어나는 빛의 유희. 흔히 빛과 어둠의 싸움은 우주적 유희, 즉 우주적 스펙터클로 나타난다.

140) "의혹" : 새벽빛의 희뿌연 상태. 혹은 어슴프레함. 정신적 의미라기보다는 빛의 불확실한 상태, 뉘앙스를 표현하고 있다.

141) "지워진다(s'abolir)" : 제라르 드 네르발이 처음으로 시 속에 도입한 이후 말라르메가 애용한 말로 '소멸하다'라는 본래의 의미 속에 함축된 '부재'의 역동성과 관련이 있다.

142) "침상의 영원한 부재" : 침대가 없다는 뜻. 창문의 흰 커튼 뒤로 희뿌옇게 동이 트면서 침대가 없는 텅 빈 방이 보인다. '시의 선사'와 유사한 시간과 공간이지만, '탄생의 자리'인 침상이 없다는 것은 곧 아무것도 태어나지 않음을 의미한다. '태어남'의 이미지는 마지막 3행시 끝부분이 화답한다.

143) "꽃 장식" : 커튼의 레이스 꽃 장식. 불어의 guirlande는 꽃, 잎, 색종이 따위를 이어 만든 장식 끈을 의미한다. 따라서 여기서는 레이스로 짠 커튼의 곡선, 아라베스크한 모습, 흔들림 따위를 그려 보이고 있는 듯.

144) "전반적인 백색의 갈등" : 추상적인 의미보다는 흔들리며 펄럭거리는 커튼과 기기에 비쳐드는 햇빛의 묘사.

145) "파묻히기보다는 펄럭거린다" : 커튼은 무겁게 늘어지는 것(정지+하향성)이

아니라 바람에 흔들리고 있다.(운동+상향성) 뒤에 나오는 '음악'의 율동적 이미지와 관련이 있는 듯.

146) "그러나" : 앞의(두 개 연의 4행시) 객관적 묘사에서 뒤의(두 개 연의 3행시) 주관적 내용으로의 전환을 표시.

147) "음악의" : 속이 텅 비어 있지만 노래하는 것이 그 본질인 것. 악기의 비어 있는 부분.

148) "만돌린" : 일종의 류트로서 네 개의 현을 맨 옛날 악기. 시 「성녀」에서도 플루트, 비올라와 함께 등장한다. "속이 텅 빈" 것이 특징. 여기서 "속이 텅 빈"이라는 형용사는 동시에 1연의 침상이 없는 방과 같은 연장 선상의 이미지다.

149) "배"는 '속이 텅 빈' 악기 만돌린과 함께 '태어남'의 이미지에 연결된다.

150) 창문은 항상 안에서 밖으로 향한 '태어남'의 의미를 함축한다. 시 「창문」에서는 창이 '다시 태어남'의 계기였다.

151) 실제의 탄생이 아니라 잠재적이 가능성으로서의 탄생을 말하지만 그것은 이미 과거의 가정이다.

152) 1864년 11월 투롱(Touron)에서 쓴 말라르메 최초의 산문시 중의 하나로 11년 후인 1875년 12월에야 발표되었다. 그 후 1891년 출간된 산문집 『단편집(Pages)』에 수록됨. 흔히 그렇듯 여기서도 제목이 말해 주는 것처럼 과거, 현재, 미래라는 시간의 문제가 창조와 미의 주제와 결부되어 있다(「백조」, 「시현」 참조).

153) 여자의 잉태나 출산 현상이 이 시인에게는 창조나 탄생의 원초적 의미를 갖기보다는 오히려 젊음, 생명을 쇠퇴하게 하는 반복적이고 타성에 빠진 "영원히 죽지 않는 병", "수세기의 죄악", 생의 원시적 힘으로부터의 완만한 이탈을 초래한다는 부정적 의미를 띤다. 뒤에 나오는 "대머리에다가 침울하고 끔찍한 것으로 가득 찬 그들의 가난한 아내들"은 이를 구체화한다.

154) 사양, 세기말, 과거, 병……이 구성하는 절망적 세계의 배경 속에 "지나간 한 시대의 한 여자"(Femme가 대문자로 표기되어 있음에 주목)가 생명, 젊음, 미를 간직하고 과거로부터 "고스란히 보존한 상태로" 현재를 지나 '미래'(열린 시간, 공간)를 향하여 표출하려는 역동성을 지니고 나타난다. 살에서 '솟아나와' 밖으로 분출하는 동적 시선, '하늘'을 향하여 쳐든 젖꼭지 등은 바로 열린 공간, 젊은 미래를 향한 '움직임'의 이미지이다. 「환영」의 여자(현재)가 과거의 죽은 어머니로 변신하고, '순결한, 싱싱한, 아름다운 오늘'이 얼어붙은 호수의 껍질을 찢어 주지 못하는 것과는 반대로 이 '여자'는 과거를 계승하면서도 '살아 있는' 모습을 간직하고 미래의

공간으로 뻗어 나감으로써 시간을 통한 미의 계속성을 보여 준다. 이 긍정적 생명감이 시인들의 "꺼져 버린 그들 두 눈에 새로 불이 켜"지게 해 준다. 결국 이 '여자'는 시적 창조를 통하여 시인이 "이 땅과 함께 멸망할 가련한 과일들"이 아닌 영원한 생명으로 잉태하고자 하는 미를 의미하는 것 같다. 그렇게 볼 때 이 시는 같은 해 1864년 10월에 심혈을 기울여 쓰기 시작한 시 「에로디아드」(시의 여주인공 이름)와 깊은 관련이 있는 듯하다. 반면 이 산문시를 쓰던 무렵 말라르메의 아내는 그의 첫 아이를 가질 예정이었다(「시의 선사」 참조).

155) 1864년 작 산문시로 애초의 제목은 '라 페늪티엠', 1874년에 발표, 1891년에 『단편집』, 1893년에 『운문과 산문』에 넣어 출간. 시가 시인의 내면에서 생성, 소멸, 재확인 되는 과정을 시로 묘사한 것으로 시적 영감과 시인의 심리 내부 사이의 메커니즘을 논의할 때 자주 인용된다.

156) 언어를 캐내고, 연결시키고, 내적인 분위기에 맞추는 시인의 고정관념이 일손을 놓고 거리에 나설 때까지 따라다닌다. 어느 쪽이 먼저인지는 알 수 없으나, 촉각, 음악성, 목소리, 문장, 시 속의 문장의 위치 등이 우리들이 흔히 생각하는 직접적 '의미'보다는 우선적으로 솟아오른다. 아마도 '의미' 이외의 이 모든 요소들의 출현, 그것들 사이의 마주침, 변용, 생성 등이 '시적 의미'에 더욱 가까운 것일지 모른다. 처음에 떠오른 문장이 ①'의미'로부터 해방되고("무용하게 뚜렷이 부각되어 의미의 공백으로 변했다."), ②그 음악성의 출발점이던 '현'에서도 해방되어, ③제3의 이미지('날개', '야자수 가지')와 유동적으로 결합한다.

157) ④다시 제3의 이미지로부터 해방됨으로써 '목소리'와 '문장'으로 독립된다.

158) 지금까지 외부에서, 혹은 내면에서 야기되는 지각을 수동적으로 받아들이는 데 그쳤던 시인이 이 독립된 문장을 자기의 체질과 호흡에 적응시키려는 능동적 태도를 취한다.

159) 한걸음 더 나아가 시인은 이 문장과 단어를 지적으로 분석 설명하려고 노력한다. 이 같은 태도는 시인 특유의 태도라기보다는 설명할 길 없는 내적 환각에 사로잡힌 일상인이 이 수수께끼 앞에서 느끼는 무력감과 고통으로부터 자기 방어를 하려는 망각 혹은 도피 행위에 불과하다. 그러나 환각은 오히려 이러한 지적 방어, 회피의 노력에도 불구하고, 아니 그렇게 하는 동안에도 그를 집요하게 따라다니며 괴롭힌다.

160) 환각들(문장, 수수께끼, 무의미한 이미지들)이 흘러가고 있을 때, 문득 장애물로서의 거울("상점 유리창")이 가로막고 나타나 그 방향을 의식 내부로 역행시킨다. 시인은 자기 '손'의 몸짓, 즉 글을 쓰는 손, '애무'에

리듬을 깃들이는 행위를 하는 손, '목소리를 가진' 자신을 발견한다. 자신의 내면적 목소리의 발견, 유일무이한 '목소리'에 대한 의식, 시적 논리의 확인이 그것이다.

161) 심리 내부의 생태만이 보여 주는 특유의 논리(유추, analogie)에 따라 생성된 애초의 환각은 끊임없이 확장, 변용하면서 그의 긴장된 감수성을 스쳐 지나가는 모든 것(상점의 악기, 날개, 야자수 잎 등)에 유추의 논리에 따라 합류하고 적응한다. 마치 어떤 고정관념처럼 목을 지키고 있는 이 유추적 감수성과 그의 신비스러운 구조, 그 초자연적, 무의식적 힘을 시인은 '악마'라 불렀다.

162) 1864년 투롱에서 쓴 산문시로 1868년에 발표, 1863년 런던 체류의 기억을 노래한다.

163) '담배 연기'는 '안개', '석탄 가루', '먼지', 증기선의 '연기' 등을 차례로 환기하여 초라한 연인에 이르기까지, 유동적이고 몽롱한 전체 분위기를 조성.

164) 시인과 함께 런던으로 가서 1863년에 결혼한 독일 처녀 마리 게르하르트. 이국에서 온 여자가 의미하는 머나먼 곳, 그 여자를 시인에게로 데려다준 여행, 그 여행으로 인한 피로, 추위, 먼지, 비, 남루함, 이 모든 것이 환기하는 가난과 피폐의 이미지가 여인의 모습을 오히려 정감 있고 매력적이게 한다. 이 여자 속의 '방황', '유형', '피폐'에 의한 감동을 시인은 노래한다. '시든 여인'의 원형적 모습이 담겨 있다.

165) 「바다의 미풍」의 "잔혹한 희망에 시달리는 어느 권태는 아직도 손수건의 그 지극한 이별을 믿고 있구나!"와 비교해 볼 것.

에두아르 마네가 그린 「목신의 오후」

피에르 오귀스트 르누아르, 「스테판 말라르메」
1892

에두아르 마네, 「스테판 말라르메」
1876

스테판 말라르메
1887

작가 연보

1841년 6월 뉘마 플로랑스 조제프 말라르메(32세)와 엘리자베트 펠리시 데몰렝(23세)의 결혼.

1842년 3월 18일, 파리 2구, 라페리에르 가에서 스테판 말라르메 출생.

1844년 3월 파시에서 여동생 마리아 말라르메 탄생.

1847년 8월 이탈리아에서 돌아와 어머니 엘리자베스 말라르메 데몰랭 병사.

1848년 10월 아버지 뉘마 말라르메 재혼.

1850년 10월 스테판이 오퇴유의 가톨릭 기숙사 입숙.

1856년 4월 상스 제국 중학교의 4학년 기숙생으로 입학. 8월, 누이동생 마리 사망

1857년 보들레르의 『악의 꽃』 출간.

1858-60년 「네 개의 벽 속에 갇혀」 발표.

1860년 11월 고등학교 졸업. 12월, 상스 등기국 견습생.

1861년 후일의 시인 장 로오르가 될 교사 에마뉘엘 데제사르를 만나다. 문학에 관심.

1862년 봄, 외젠 르페뷔르와 첫 편지 교환. 앙리 카잘리스, 앙리 레뇨, 에티 알, 니나 가야르와 친교. 리베라 데 프레슬가의 가정교사인 독일 처녀 마리아 게르하르트를 만나 11월, 그녀와 런던행('에드거 앨런 포의 작품을 잘 읽기 위해', 그리고 영어를 익히려고)

1863년 부친상. 8월, 마리아 게르하르트와 런던에서 결혼. 9월, 영어교사 자격시험 합격. 11월, 프랑스로 돌아와 리세 드 투르농 교사 발령. 12월, 투르농 시 부르봉 가 19번지에 정착.

1864년 카튀유 망데스의 집에서 빌리에 드릴라당을 만나다. 11월 19일, 첫딸 주느비에브 출생.

1866년 5월,《현대 파르나스》가 말라르메의 시 열 편 소개. 10월, 리세 드 브장송으로 전근. 12월, 2년 아래의 시인 베를렌과 친교. (베를렌의 『토성인 시집(Poëmes Saturniens)』 출간)

1867년 기후 좋은 아비뇽(리세 다비뇽)으로 전근. 포르타유 마트롱 광장 8번지 정착. 시 스타일에 변화, 난해성 증가. 극시 「이지튀르」 집필 시작. 보들레르 사망.

1869년 외조모 데몰렝 부인 사망.

1869-71년 장기 휴직. 가난과 병에 위협받는 시기. 파리, 런던 등지에서 일자리를 찾다.

1871년 7월, 상스에서 아들 아나톨 출산. 10월, 파리의 리세 퐁탄(콩도르세)에 강사로 임명. 11월, 파리 이주. 모스쿠 가 29번지 정착. 르페뷔르와 불화.

1872년 6월, 만찬 모임에서 랭보와 만나다. 10월 23일, 테오필 고티에 사망.(「죽은 시인을 위한 건배」)

1873년 4월, 화가 에두아르 마네를 만나 친해지다.

1874년 졸라, 클라델을 만남. 8월, 퐁텐블로 숲 기슭, 센 강가의 마을 '발뱅'을 발견. 9월, 스스로 편집한 잡지《최신 모드》 창간.

1875년 로마 가 87번지(1884년에 89번지로 변경)로 이사. 에드거 앨런 포의 작품 「갈가마귀」를 번역하여 마네의 삽화와 함께 출간.

1876년 마네의 삽화를 넣은 『목신의 오후』 출간. 10월, 살롱 전에 거부당한 마네가 말라르메의 초상을 그리다. 윌리엄 벡퍼드의 『바테크』 재발간, 말라르메의 서문.

1877년 《문학공화국》에 말라르메가 번역한 포의 시편들이 실린다.

1878년 수입을 위하여 『영어 단어집(Mots anglais)』 출간.

1879년 10월, 투병 끝에 아들 아나톨 사망.

1880년 학생 및 대중들을 상대로 한 번역서 『고대의 신들』 출간. 겨울, 몇 년 전부터 구스타프 칸이 주선하여 시도해 본

모임으로 저녁 때 롬 가에 있는 말라르메의 아파트에 위스망스, 쥘 라포르그, 폴 클로델, 폴 발레리, 앙드레 지드, 피에르 루이 등의 문인, 휘슬러, 르동, 드가, 모네, 모리조 같은 화가들이 모여 담소하는 '화요회'(화요일은 말라르메가 쉬는 날) 시작. 류머티즘으로 발뱅에서 휴양.

1882년 위스망스가 『거꾸로』의 집필 의향을 알려 온다.

1883년 2월 13일, 바그너 사망. 4월 30일, 화가 마네 사망. 11~12월, 《뤼테스》에 베를렌의 「저주받은 시인들: 스테판 말라르메」가 실린다.

1884년 1월, 댄서 출신 메리 로랑과 사귀기 시작. 2월, 드뷔시가 시 「환영」을 작곡. 5월, 위스망스의 『거꾸로』 출간으로 말라르메가 대중적 주목을 받는다. 리세 장송 드 사이 정교사 임명.

1885년 10월, 마네의 모교인 콜레주 롤랭 교사로 부임. 베를렌이 《오늘의 인간》에 싣기 위해 「자서전」 원고를 청탁. 11월에 원고를 베를렌에게 전달. '화요회'에 로덴바크, 생폴-루, 샤를 모리스, 르네 길, 퐁테나스, 앙리 드 레니에, 비엘레 그리펭, 알베르 모켈, 아르튀르 시몽, 위슬레르 등 참가.

1886년 《라 르뷔 앵데팡당》 창간(에두아르 뒤자르댕, 펠릭스 페네옹)

1887년 3월, 『목신의 오후』 결정판 출간. 10월, 『시집(Poésies)』(《라 르뷔 앙데팡당》, 47부) 출간.

1888년 친구 휘슬러의 시 「텐 오클록」 번역(《라 르뷔 앵데팡당》). 르네 길과 절교. 포의 『시집』 번역

1889년 8월, 빌리에 드릴라당 사망.

1890년 벨기에 강연 여행. 몽펠리에에서 발레리가 첫 편지를 보내다.

1891년 말라르메가 폴 고갱을 옥타브 미르보에게 천거. 테오도르 드 방빌 사망. 10월, 피에르 루이스와 함께 발레리가 방문. 오스카 와일드가 말라르메에게 『도리언 그레이의 초상』을

보낸다.

1892년 보들레르 기념물 건립준비위원회 위원장. 롬 가의 '화요회'가 세상에 널리 알려지다. 드뷔시가 「목신의 오후 전주곡」 작곡을 시작.

1893년 7월, 모파상 사망. 장례식 참석. 교사직 퇴직 허가를 받다.

1894년 3월, 옥스퍼드와 캠브리지에서 강연. 르콩트 드릴 사망. 12월, 드뷔시의 「목신의 오후 전주곡」 첫 발표회.

1895년 은퇴하여 본격적인 '화요회'의 주인이 되다. 베르트 모리조 사망.

1896년 1월, 베를렌의 사망. 조사 낭독. 말라르메 「시인들의 왕자」로 피선. 뒤랑-뤼엘에서 베르트 모리조 전시회, 작품 도록에 서문을 쓰다. 7월, 에드몽 드 공쿠르 사망. 발뱅에서 오랫동안 머물다.

1897년 '화요회'의 젊은 제자들이 그를 기리는 시편들을 써서 만든 『앨범』을 증정. 5월에서 11월까지 발뱅에 머물다. 12월, 알퐁스 도데 사망.

1898년 1월, 졸라가 《로로르》에 「나는 고발한다」를 발표하자 그를 지지. 프로스트(Robert Lee Frost)와 만나다. 5월, 「에로디아드」를 다시 시작. 오딜롱 르동 전시회(갤러리 보라르). 발뱅을 방문한 발레리에게 「주사위」를 읽히다. 9월 9일, 발뱅에서 호흡곤란으로 사망. 아내와 딸에게 남긴 편지에 자신의 유고를 출판하지 말고 소각할 것을 부탁. 사모로(Samoreau-센 에 마른) 공동묘지에 영면. 이듬해 『시집(Poésies)』 유작으로 출판되었다.

보들레르, 랭보와 함께 19세기 프랑스 상징주의의 주축을 이루는 말라르메에 대하여 개괄적 소개를 한다는 것은 한편 새삼스러운 데가 있고, 다른 한편으로는 이 작은 역서의 제한된 지면으로는 거의 불가능한 일이다.

원론적인 말라르메의 시학이나 미학을 소개하는 대신 역자는 난해한 그의 시 몇 편을 번역하면서 각 시마다 비교적 소상한 주와 해설을 달아 개개의 시행과 밀착된 소개를 구체적으로 시도하여 보았다. 말라르메 시처럼 그 아름다움이 사용된 언어(불어)가 가진 특수한 가능성(음악성, 구문, 시의 구조, 이미지 등)에 직결되어 있는 시도 드물고 보면 직접적 의미 위주의 번역시만으로는 오히려 원래 시의 미를 훼손하고 타락시킬 위험이 적지 않다. 따라서 역자로서는 지극히 산문적이고 초보적일지 모를 주와 해설을 그때마다 첨가하는 것이 불가피했다. 그러다 보니 막상 소수의 시편만을 소개하는 데 그치지 않으면 안 되었다.

운문으로 『시집(Poésies)』에 수록된 예순여 편 중 단시 여섯 편과 장시 「목신의 오후」를, 그리고 비교적 우리나라에 잘 알려지지 않은 세 편의 산문시를 선택하였다. 후일 기회가 있다면 특히 중요한 장시, 「에로디아드」와 산문 극시 「이지튀르」와 「주사위」를 번역하고 본격적인 해설을 붙일 수 있었으면 한다. 번역 판본으로는 Stéphane Mallarmé, *oeuvres Complètes, Poésie-Prose*, présentées par Henri Mondor et G. Jean-Aubry, Bibliotèque de la Pláiade(Paris: Gallimard, 1945)를 사용하였고, 작가의 생애와 시학에 대한 해설 대신에 시인 자신이 베를렌의 청에 의하여 답한 「자서전(Autobiographie)」의 중요한 부분만을 발췌 번역했다.

1970년대에 처음 출판된 시 번역 텍스트와 주, 그리고 연보를 대폭 수정, 보완했고 비교적 긴 시 「산문: 데제생트를 위한」 한 편의 번역과 주석을 추가했다.

2016년 5월
김화영

세계시인선 9 목신의 오후

1판 1쇄 펴냄 1974년 10월 15일
1판 6쇄 펴냄 1991년 7월 30일
2판 1쇄 펴냄 1995년 1월 5일
2판 8쇄 펴냄 2015년 7월 9일
3판 1쇄 펴냄 2016년 5월 19일
3판 2쇄 펴냄 2021년 9월 6일

지은이 스테판 말라르메
옮긴이 김화영
발행인 박근섭, 박상준
펴낸곳 (주)민음사

출판등록 1966. 5. 19. (제16-490호)
주소 서울시 강남구 도산대로1길 62
강남출판문화센터 5층 (06027)
대표전화 02-515-2000 팩시밀리 02-515-2007

www.minumsa.com

ISBN 978-89-374-7509-2 (04800)
978-89-374-7500-9 (세트)

세계시인선 목록

1	카르페 디엠	호라티우스 | 김남우 옮김
2	소박함의 지혜	호라티우스 | 김남우 옮김
3	욥의 노래	김동훈 옮김
4	유언의 노래	프랑수아 비용 | 김준현 옮김
5	꽃잎	김수영 | 이영준 엮음
6	애너벨 리	에드거 앨런 포 | 김경주 옮김
7	악의 꽃	샤를 보들레르 | 황현산 옮김
8	지옥에서 보낸 한철	아르튀르 랭보 | 김현 옮김
9	목신의 오후	스테판 말라르메 | 김화영 옮김
10	별 헤는 밤	윤동주 | 이남호 엮음
11	고독은 잴 수 없는 것	에밀리 디킨슨 | 강은교 옮김
12	사랑은 지옥에서 온 개	찰스 부코스키 | 황소연 옮김
13	검은 토요일에 부르는 노래	베르톨트 브레히트 | 박찬일 옮김
14	거물들의 춤	어니스트 헤밍웨이 | 황소연 옮김
15	사슴	백석 | 안도현 엮음
16	위대한 작가가 되는 법	찰스 부코스키 | 황소연 옮김
17	황무지	T. S. 엘리엇 | 황동규 옮김
18	움직이는 말, 머무르는 몸	이브 본푸아 | 이건수 옮김
19	사랑받지 못한 사내의 노래	기욤 아폴리네르 | 황현산 옮김
20	향수	정지용 | 유종호 엮음
21	하늘의 무지개를 볼 때마다	윌리엄 워즈워스 | 유종호 옮김
22	겨울 나그네	빌헬름 뮐러 | 김재혁 옮김
23	나의 사랑은 오늘 밤 소녀 같다	D. H. 로렌스 | 정종화 옮김
24	시는 내가 홀로 있는 방식	페르난두 페소아 | 김한민 옮김
25	초콜릿 이상의 형이상학은 없어	페르난두 페소아 | 김한민 옮김
26	알 수 없는 여인에게	로베르 데스노스 | 조재룡 옮김
27	절망이 벤치에 앉아 있다	자크 프레베르 | 김화영 옮김
28	밤엔 더 용감하지	앤 섹스턴 | 정은귀 옮김
29	고대 그리스 서정시	아르킬로코스, 사포 외 | 김남우 옮김

30	셰익스피어 소네트	윌리엄 셰익스피어 | 피천득 옮김
31	착하게 살아온 나날	조지 고든 바이런 외 | 피천득 엮음
32	예언자	칼릴 지브란 | 황유원 옮김
33	서정시를 쓰기 힘든 시대	베르톨트 브레히트 | 박찬일 옮김
34	사랑은 죽음보다 더 강하다	이반 투르게네프 | 조주관 옮김
35	바쇼의 하이쿠	마쓰오 바쇼 | 유옥희 옮김
36	네 가슴속의 양을 찢어라	프리드리히 니체 | 김재혁 옮김
37	공통 언어를 향한 꿈	에이드리언 리치 | 허현숙 옮김
38	너를 닫을 때 나는 삶을 연다	파블로 네루다 | 김현균 옮김
39	호라티우스의 시학	호라티우스 | 김남우 옮김
40	나는 장난감 신부와 결혼한다	이상 | 박상순 옮기고 해설
41	상상력에게	에밀리 브론테 | 허현숙 옮김
42	너의 낯섦은 나의 낯섦	아도니스 | 김능우 옮김
43	시간의 빛깔을 한 몽상	마르셀 프루스트 | 이건수 옮김
46	푸른 순간, 검은 예감	게오르크 트라클 | 김재혁 옮김
47	베오울프	셰이머스 히니 | 허현숙 옮김
48	망할 놈의 예술을 한답시고	찰스 부코스키 | 황소연 옮김
49	창작 수업	찰스 부코스키 | 황소연 옮김
51	떡갈나무와 개	레몽 크노 | 조재룡 옮김